ちぇっくCHECK+

まるごとチョン・セラン

目次

右からひらく

左からひらく

表紙写真　©민영주

ちぇっくCHECK⁺
まるごとチョン・セラン

2024年11月30日　第一刷発行

発行人　中沢けい

発　行　一般社団法人K-BOOK振興会
〒101-0051　東京都千代田区神田神保町1-7-3　三光堂ビル3階
Tel：03-5244-5427
http://k-book.org/

発　売　株式会社クオン
〒101-0051　東京都千代田区神田神保町1-7-3　三光堂ビル3階
Tel：03-5244-5426　Fax：03-5244-5428
https://cuon.jp

企画・編集　金承福　佐々木静代　omo!（後藤涼子　土田理奈）
編集協力　Sachie
デザイン・組版　松岡里美（gocoro）
組版協力　阿部美樹子
印刷・製本　大盛印刷株式会社

本書は韓国文学翻訳院からのご支援、ならびに多くの出版社のご協力をいただいて制作されました。

ISBN 978-4-910214-69-6　C0098

万一、落丁乱丁のある場合はお取替えいたします。発売元までご連絡ください。

もつれたものをほどいたら

チョン・セラン
吉川凪 訳

　十二歳になった時、ヨンジは母に呼ばれた。母は、大事な話があるとでも言いたげな顔をしていた。夏だったのでヨンジは半ズボンをはいており、ＵＶケアをしない脚は日光に当たって健康的に焼けていた。ヨンジは自分が何かやらかしただろうかと考えたけれど、心当たりがないからあまり緊張もせず母の前に座った。

「うちの家系は呪われているの」

　母は子供をからかって喜ぶような人ではない。ヨンジは何と答えたらいいか分からず、次の言葉を待った。

「あなたが将来、誰かを愛したらその人の額に銀色の線が浮かぶ。線が一本見えたらその人は怪我する。それでも愛し続ければ線がもう一本現れ、その人は絶望する。そして、三本目の線が見えると……」

「どうなるの」

「その人は死ぬ」

「でも、ママはパパと……」

　そう言いかけて、ヨンジは気づいた。自分が愛の結晶ではないことに。母が歩くと誰もが振り返って二度見する。だが父は、道端で踊っても忘れられてしまいそうな、どこにでもいる太ったおじさんだ。娘としては、それでもその手のおじさんたちの中ではカワイイほうだと思っているが……。呪いが本当なら、母は決して愛せない相手を選んで結婚したということになる。若干十二歳にして真実に触れたヨンジは、残酷だと思った。

「どうして？」

　信じるかどうかはともかく、理由が気になった。

「私たちは昔話の『天女と木こり』*に出てくる木こりの子孫なの。天女が木こりのもとを去る時、最後に耳元で呪いの言葉を囁いた。あなたの子孫は愛する人と決して結ばれない。愛する人を何度も何度も失い続けるのだと」

　そんなに嫌われた男の子孫だというのはあまり愉快なことではないものの、その問題はまさに昔話のように遠く感じられた。それより切実に知りたいことがあった。

「じゃあ、ママは……私を愛していないの？」

　母は微笑みながらヨンジを抱きしめた。

「呪いを長続きさせるためなのか、子供への愛は例外だった。それを知っているからあなたを産んだのよ。思いっきり愛したくて。愛情を注ぎたくて」

ヨンジは、その決断はいささか自己中心的ではないかと思った。

「私が人を殺してしまったらどうするの。危険すぎるんじゃない？」

「誰だって人を殺せる。悪意であれ不注意であれ、人は毎日人を殺している。むしろ呪いのことを自覚していれば、より慎重になれるでしょ。他の人たちと大して違わないよ」

「全然違うと思うけど」

意識が遠のきそうになったのは、呪いが怖かったせいもあろうが、他の人と違わないと主張する母に対して警戒心を抱いたからだ。

「線が一本出てきた時にやめればいい。気持ちを断てばいいの」

母はさも簡単そうに言った。その時、母は四十三歳だった。その年なら上手に愛を避けられるかもしれないが、思春期に差し掛かったヨンジには難しいことだった。ヨンジは体育祭で活躍した一学年上の先輩の額に初めて銀色の線を見つけた時、呪いが本当であることを知った。その先輩が間もなく靭帯を損傷したのが自分のせいであることも……。謝りたかったけれど、それすらかなわなかった。ヨンジが罪悪感を覚えたからか、その先輩の額の線は徐々に薄くなった。跡形もなく消えたのを確認してからは、二度とその先輩に視線を向けることはしなかった。

　ヨンジには母方のおじが二人いる。母の兄と弟だ。母の兄はずっと独り身で流れ者のように暮らしている。どうやって食べているのかも分からないし、親戚の集まる祝祭日にもめったに顔を出さない。ヨンジは彼がどうして放浪という言葉で要約できる人生を送ってきたのか、ようやく理解できた。一方、母の弟は結婚して双子の子供がいる。奥さんは本当におしゃべりだ。常に言葉を発している人。どうでもいいことをのべつまくなしに話し続ける人。あのおじさんは、ヨンジの母と同じ選択をしたのではないだろうか。ヨンジは大人たちの卑劣さに嫌気が差した。配偶者には呪いのことを秘密にして、子供たちにだけこっそり打ち明けながら今までやってきただなんて、最悪。ヨンジは母の兄の生き方に倣うことにした。愛などなくても生きていける。むしろ、ないほうがいいということもあり得る。ヨンジの世代はそんな考えを持っている人が多いから、本当に他の人たちとそれほど違わないのかもしれない。

　それから十七年の間、ヨンジは接近してくる男たちを、馬鹿げた口実で拒絶し続けた。

「父方の祖父は慶尚道《キョンサンド》の晋州《チンジュ》、祖母は全羅道《チョルラド》の麗水《ヨス》出身で、母方の祖父はソウル、祖母は忠清道《チュンチョンド》の堤川《チェチョン》出身だから、私はまさに韓国を体現する人間なの。もっと完璧な韓国人になるために江原道《カンウォンド》出身の人と付き合いたい。あなたは江原道じゃないから付き合えない」

「美男子すぎる人は嫌なんです。一緒に歩くとみんなに見られて面倒だから。誰にも注目されず、誰にも記憶されない生活が最高だと思う。巻き込まれたくないとでもいうか」

「三億ウォン貯めたい。三億ウォン貯めるまで、お金だけを目標にしたいの。今の年収？　三千百万ウォン。でも年に二千万ウォンは使うね」

　最後の言い訳はある程度本心だったかもしれない。変な言い訳をしていれば頭のおかしい女の子だという噂が立って楽になるかと思ったけれど、そうでもなかった。近づいてくる人が多いのも呪いの一部なのかもしれない。十代に続き二十代も何とかやり過ごせそうだったのに、会社のワークショップで危機が訪れるとは予想もしていなかった。

　梅雨の時期に屋外でワークショップをやると決まったこと自体、不吉だった。非常識というレベルを超えて、危険極まりない。ヨンジのテントがゲリラ豪雨で流されそうになった時、隣のチームのホオンが懐中電灯を照らしながらヨンジのテントに頭から突っ込んで、間一髪で脱出させてくれた。安全な場所に待避してしまうと、荷物が泥水に流されてしまったのも惜しいとは思わなかった。移動を待つ間、ホオンは寒さに震えているヨンジに自分の服を着せてくれた。他人の体臭が嫌でなかったのは久しぶり、いや、初めてだ。ヨンジはホオンを知らなかったけれど、ホオンはヨンジをずっと前から知っていたという。同じ塾に通ったし、大学時代にも見かけたことがあり、入社も一期[**]違いだった。ヨンジがいかにも嘘っぽい口実で告白を断るのを偶然目撃した時、ホオンは決心したそうだ。次にまたヨンジを見たら話しかけようと。

拒絶することには慣れていたけれど、命の恩人に対してはそれも難しい。そのうえ、ヨンジはどうしようもなくホオンに惹かれていた。助けてくれなくとも、話しかけられただけで惹かれたに違いない。少しの間だけ彼の側にいたいと思って、言った。

「前髪で額が隠れるのは嫌いなんです」

額に線が現れたら諦めよう。ヨンジは気持ちに速度制限をかけ、ホオンの嫌なところ、自分を幻滅させてくれそうなところを探した。それがなかなか見つからないので、二人の仲が近づきそうになると、わざとケンカの種になりそうな行動を取った。そんな時、ホオンはむしろ面白がっていた。そんなある日、とうとう彼の額に線が一本、うっすら浮かび始めた。もう終わりにしなければ。

ヨンジは拒絶のための筋書きをたくさん持っていた。もっともらしいストーリーもふざけた話もあったが、ヨンジはそのうちの一つを選ばなかった。ホオンにだけは真実を告げたい。信じるにせよ信じないにせよ、自分に対する気持ちは一挙に冷めるだろうけれど。

しどろもどろになるだろうと思っていたのに、ちゃんと説明できた。話し終えたヨンジはホオンの反応を待った。彼は驚きもしなければ嫌悪感も示さなかった。

「奇遇ですね」

「何が」

「うちも呪われてるんですよ」

今度はホオンが話す番だ。ヨンジは口をぽかんと開けて説明を聞いた。

「パッチュイ？　『コンジュイ、パッチュイ』＊＊＊のお話に出てくるパッチュイの子孫ってこと？」

ホオンがうなずいた。

「呪いの内容はかなり違うけど。うちでは、誰かを殴ると自分が傷つくんです。一発殴れば体が傷つき、二発目からは不運が続く。三発目になると取り返しのつかないことが……。相手の額にしるしが現れるという点は同じですね」

呪いが本当なのか疑いはしなかったけれど、二つの呪いを突き合わせてみると、何か変な気がした。

「天女と木こりの話は韓国だけではなく、中国にも日本にも似たような昔話があります。探してみれば世界各地にあるでしょう。コンジュイとパッチュイみたいな話は、それこそ全世界にあるじゃないですか。どうして私たちが物語の登場人物の子孫だと言えるんでしょう？」

「確かにこの呪いは論理的ではありませんね。では……これからどうしましょうか」

ホオンはヨンジの言葉にうなずくと、そう尋ねた。

「一緒に呪いを解いてみませんか？　私たちみたいな人が、きっと他にもいるはずです。荒唐無稽な昔話に縛られて奇妙な制約を受けている人たちが。集めているうちにパターンが見えてきて、実際のところ何が起きているのかが分かると思う。呪いを解くまで、恋人ではなく仲間でいましょう」

「僕の呪いは人を殴りさえしなければいいから簡単だけど……。ヨンジさんちの呪いで死ぬのは嫌だな。でも、僕がヨンジさんを好きになるのは関係ないでしょ?」

「邪魔になるから、やめてください」

ヨンジは真顔で言った。それと同時に、肩に力が入った。何年かかるのか、成功するかどうか見当もつかないが、初めて自分の手で舵《かじ》を握るのだ。くだらない前近代的呪術の束縛から解放されたら、ヨンジの選択はどんな形をとるのだろう。全然別のものになるのか、それとも大して変わらないのか。

二人の目の前に、似たような、似ていないような物語が無限に広がっている気がした。手を伸ばし、駆けつけ、ひっくり返し、燃やし、堂々と歩いてゆくのだ。呪いの先端で、二十一世紀の人たちが顔を上げた。

訳註

＊　天から降りて池で水浴びをしていた天女が木こりに羽衣を隠されて天に戻れなくなり、木こりと結婚して子供をもうけるが、最後には天に戻ってしまうという説話

＊＊　半年

＊＊＊　「シンデレラ」に似た古い説話。優しく美しいコンジュイは継母とその娘パッチュイにいじめられるものの、郡守に見初められて幸せな結婚をする。その後嫉妬したパッチュイに殺されるが、生き返って元に戻り、継母とパッチュイは天罰を受けて死ぬ

家族だからといって、
必ずしも愛する必要はないさ。
まったく愛さなくてもいい。
——『アンダー、サンダー、テンダー』（一四頁）

あたしが思うに、人間は設計が間違ってるのよ。
大切なものは絶えず失われ、愛した人たちが
次々と死んでいなくなってしまうのに、
それを耐えられるように設計されてない。
——『アンダー、サンダー、テンダー』（一四頁）

あくびがうつるのと同じように、
強靭さというものもうつるのだ。
負けない心、折れない心、
そんな態度がひまわりの丈夫な
茎のように植えつけられていった。
——『フィフティ・ピープル』（一六頁）

死に
対抗できる
最も手軽な方法は
読むことだ。
——『シソンから、』（二五頁）

いちばん軽蔑すべきものも人間、
いちばん愛すべきものも人間。
その乖離《かいり》の中で一生、
生きていくだろう。
——『フィフティ・ピープル』（一六頁）

「危なくはない？」

ギョンユンが心配な気持ちを必死にこらえて尋ねた。

「どこに行ったたって女性は危ないよ。

どう生きたっていつも危ないって」

——『屋上で会いましょう』（一八頁）

世の中が公平でないとしても、
親切心を捨てたくはなかった。
——『保健室のアン・ウニョン先生』（一七頁）

どうせいつか負けることになってるんです。親切な人たちが悪人に勝ちつづけるなんて、どうやったらできますか。絶対に勝てないことも親切さの一部なんだから、いいんです。負けてもいいんです。それが今回だとしても大丈夫。逃げよう。だめだと思ったら逃げよう、後でまた、どうにかできる。

——『保健室のアン・ウニョン先生』（一七頁）

誰も欲しがってない、需要をはるかに上回る量の品物を生産するなんて、こういう豊かさはすごく嫌な種類の豊かさだと思う。

——『声をあげます』（二二頁）

とにかくそれを家父長制と言うの。
あんたの目には見えてないものが、
私には見えているわけ。私の目にだけ
見えるものがとっても多いのよ。
——『屋上で会いましょう』（一八頁）

つながっているという感じが
懐かしくなることがあるが、
インターネットにはほぼ連日、
身の毛もよだつような思いを
させられた。
——『声をあげます』（二二頁）

特別な人一人が惑星一つよりも
大きな意味を持つこと
だってあるから。

――『地球でハナだけ』（二六頁）

アジア文学の冒険のために、この本が交流のゴールではなく、スタート地点であってほしいなと思います。

――『絶縁』刊行記念対談 村田沙耶香×チョン・セランより（二九頁）

切実だった願いはかなわなくても、思いがけないものが与えられることがある。しかも、その後者のほうがより魅力的に思えることだってある。そういう戸惑うような幸運の訪れ方が人生を彩ってくれるのだ。

――『八重歯が見たい』（二七頁）

作品紹介

チョン・セランを読む

小説、アンソロジーから未邦訳作品まで、
単独著書を中心とした17作品を、原題や原書のカバーアートを担当した
クリエイターの情報などをまとめた「原書データ」付きでご紹介。
作品に関連したインタビューや対談、イベントレポートもお見逃しなく！

作品紹介テキスト：黄理愛　引用文セレクト：Sachie

「ジェファさん、なんでジャンル小説なんか書いてるの？　早く純文学でデビューし直しなよ。簡単だろ？　適切なテーマで、尖ってない話にすればいいんだから」　あの時、ジェファは傷つきもしなければ、怒りも込み上げなかった。ただ一つの気づきがあっただけ。それはこれからも不適切なテーマで、尖った話を書くだろうという予感のようなものだった。

――『八重歯が見たい』（二七頁）

他人の人生を理解するのは難しいことだと知りながらも、理解してもらいたかった。

――『絶縁』（二八頁）

私の次に来る人がまた私みたいに矢を浴び、闘いに巻き込まれ、絶えず誤解されることを思うと途方に暮れますが、ものを言える人は言わなくてはなりません。

――『シソンから、』（二五頁）

「家族でも恋人でもなくて、ただの歌手だろ？　どうしてそんなことまでするんだよ？」
ジュヨンはジョンギュに妙な感謝の気持ちを抱きながら答えた。
「だって、スターですから。重力がなければ星《スター》になれないでしょ？　自分から離れられるなら、アタシだって別の人生を生きてるはずです」

――『地球でハナだけ』（二六頁）

『アンダー、サンダー、テンダー』

訳：吉川凪
発行元：クオン
出版日：2015年6月30日
ISBN：978-4-904855-31-7
ページ数：319ページ
定価：2,500円＋税

映画美術の仕事をしている三十代の「私」と、高校時代の同級生であるジュヨン、ソンイ、スミ、ミヌン、チャンギョムを取り巻く出来事を描いた長編小説。友人たちの近況と過去が交互に語られる構成で、物語をつなぐのは主人公が回すビデオカメラの映像だ。

冬が長く、霧がかった国境の町・坡州《パジュ》で育った「私」は、高校生になって初恋を経験する。同じ頃、友人たちもそれぞれの恋や冒険、反抗、そして痛みに直面し……。ユニークな人々、おかしみのあるエピソード、一方で、その合間には子どもゆえに避けられない暴力や暗さもよぎる。

人生は凡庸なようでいてどんなことでも起こりうる。それはいつも隣に潜んでいる。やりきれなさを抱えながら、近づいては離れ、立ち去り、また戻ってくる「私」と友人たちは、電撃的で、不安定で、柔らかく、傷つきやすい十代を振り返ることで次の道に進んでいく。日本語で翻訳された初のチョン・セラン作品として今でも根強い人気を誇る。

原書データ

이만큼《イマンクム》 가까이《カッカイ》(개정판《ケジョンパン》)

2016年
第7回チャンビ
長編小説賞

原題：これくらい近くに（改訂版）
発行元：창비（チャンビ）
出版日：2021年8月20日（初版2014年3月14日）
ページ数：308ページ
定価：14,000ウォン
カバーアート：MELMEL CHUNG（@ meltingframe）

二〇一五年七月二一日、東京・神保町のブックカフェ「チェッコリ」にてチョン・セランのトークイベントが開催されました。司会と通訳を務めたのは、『アンダー、サンダー、テンダー』を翻訳した吉川凪さん。日本に紹介された韓国作家のなかで一番若いチョン・セランさんの作品（当時）を、「今までも韓国の青春小説はあったかもしれませんが、最も若い世代のことを書いた小説です」と紹介しました。

主人公の「私」というキャラクターについて、「映画美術の仕事をしていた友人をモデルにしました。主人公は映画ごとに雇われて働くので、収入が安定していません。友人もあまりにも大変なので、やめてしまったのです」と明かすチョン・セランさん。ファッション感覚に優れたソンイやピュアな性格のスミ、ぽっちゃり体型のチャンギョムなど、個性豊かな「私」の仲間たちも、三十歳になるまで多様な仕事に転職していきます。「職業に関心があり、いろいろな職種を登場させる作家だとよく言われます。自分の経験は少ないので、友人の経験を借りています」。

TALK EVENT

『アンダー、サンダー、テンダー』チョン・セラン トークイベント

初出：〈CUON チョン・セランさん トークイベント＠ブックカフェ「チェッコリ」2015年7月21日公開〉から一部抜粋して収録

カジュアルなTシャツ姿のチョン・セランさん。コーヒーやゆず茶などを手にした参加者に囲まれ、和やかな雰囲気の中でイベントが行われた

『アンダー、サンダー、テンダー』を書いたきっかけについては、「京畿道《キョンギド》の一山《イルサン》というニュータウンで育ち、大学はソウルで通ったのですが、就職したのは坡州《パジュ》でした。一山でニュータウンができる過程を観察していたのですが、坡州でも同じように都市が作られていくのを目の当たりにしました。今の私たちは、新しい都市が作られていくのを実際に経験する、そういう世代だと思ったのです」と語りました。

自身の高校時代を物語に反映したかという質問には「自分の経験を三〇～四〇％ぐらい入れると現実感のある作品になるような気がします。ずっと座って頭の中で考えるだけでなく、自分が書いていた日記や大事にしていたおもちゃ、友人から聞いた話など、いろいろなものを盛り込んで、ヨーグルトのように発酵させるのです」と答えました。また、「学生時代を回想するような大人の読者を想定して書いたのですが、意外と中高生の読書感想文の課題作になったりして、もっと若い人も読むのだな、と思いました」とも。

韓国語の単行本の原題は、『이만큼《イマンクム》 가까《カッカ》이《イ》（これくらい近くに）』。チョン・セランさん自身は『アンダー、サンダー、テンダー』というタイトルを希望していたそうですが、韓国の出版社の経営者が「ハングルで二言ぐらいのほうが売れる」というジンクスを信じていたため、五十ほどあったタイトル候補から選んだものなのだとか。日本語版で願い通りの書名が実現し、とてもうれしそうでした。

約一時間のトークの後は、ひとりひとりと会話をしながらのサイン会。帰り際にはチェッコリの出口まで来て、名残惜しそうに手を振りながらゲストを笑顔で見送っていました。

元の記事を読む

目次には「ソン・スジョン」「イ・ギュン」「クォン・ヘジョン」……と各話ごとの主人公の名前とともに顔のイラストが並ぶ。タイトル通り五十人（数えてみると実は五十一人）の物語が編まれる連作短編集だ。

舞台は韓国のとある小都市。大学病院を中心として、そこに出入りする人やその人物に関わりのある人たちが性別、国籍、年代問わずランダムに登場する。描かれるのは日常の中の一場面である。はじめはそれぞれに独立している登場人物たちが、章を重ねるごとに少しずつすれ違い、つながっていく。つまり読み進めるごとに立体的な物語が立ち現われてくるのだ。

チャーミングな人々と軽やかなユーモアが印象的だが、一方で貧困やＤＶ、少数者への差別意識、多くの犠牲者を出した事故など、実際の社会問題が背景に浮かび上がる。直接の関係性はなくとも、同じ地域や国に暮らしているというだけで、共通する状況のすぐ隣に置かれている。人は、気づかぬうちに影響し合いながら生きているということに気づかされる、ときに残酷ながらもやさしさに溢れた一冊だ。

韓国では、時代の流れや変化に伴って作者自ら大幅な変更を加えた改訂版が二〇二一年に発売された。こちらの日本語翻訳版も二〇二四年十月に刊行（詳細はP.45）。

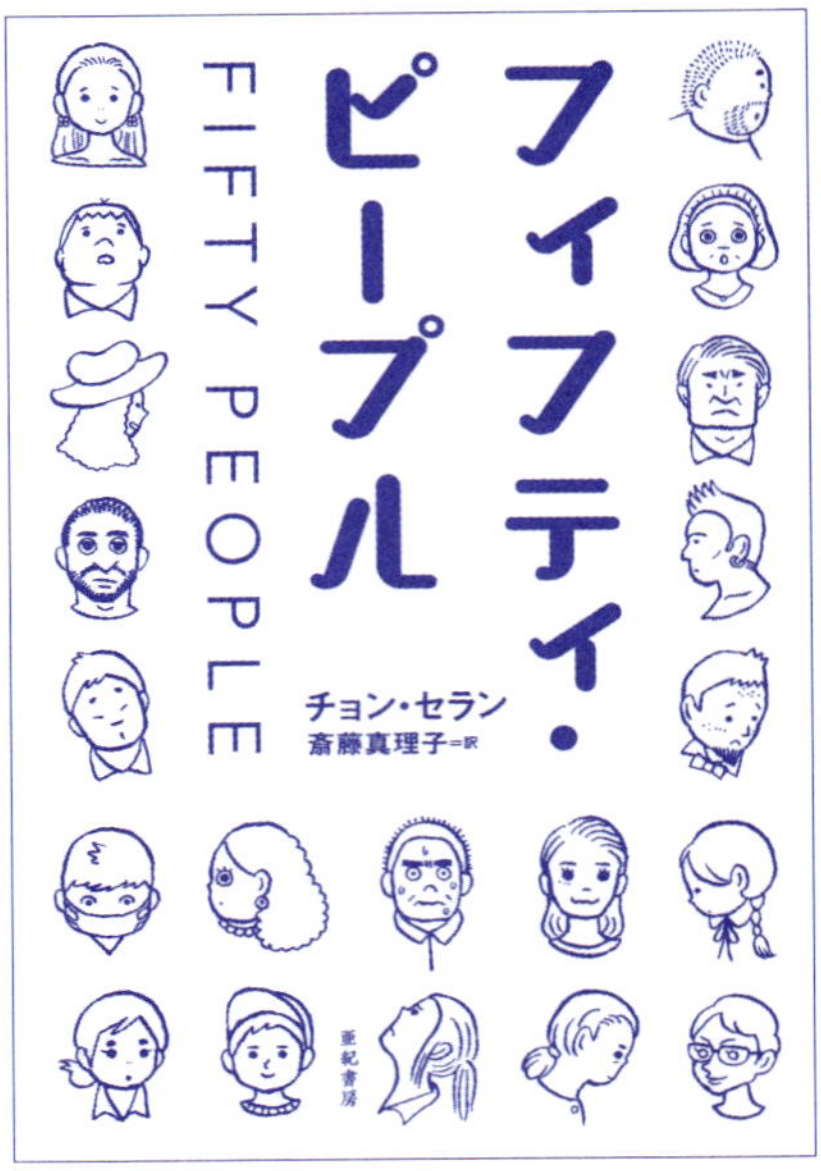

『フィフティ・ピープル』

訳：斎藤真理子
発行元：亜紀書房
出版日：2018年9月27日
ISBN：978-4-7505-1564-9
ページ数：488ページ
定価：2,200円＋税

原書データ

피《ピ》프《プ》티《ティ》 피《ピ》플《プル》（개《ケ》정《ジョン》판《パン》）

原題：フィフティ・ピープル（改訂版）
発行元：창비（チャンビ）
出版日：2021年8月20日（初版2016年11月21日）
ページ数：488ページ
定価：14,000ウォン
カバーアート：MELMEL CHUNG（@ meltingframe）

『保健室のアン・ウニョン先生』

訳：斎藤真理子
発行元：亜紀書房
出版日：2020年3月19日
ISBN：978-4-7505-1636-3
ページ数：304ページ
定価：1,600円＋税

作者の想像力がいかんなく発揮された長編小説。主人公は、私立M高校の養護教諭を務めるアン・ウニョン。三十代の女性だが、発音が似ていること、そして気さくな性格もあいまって友人たちからは「アヌン・ヒョン（知り合いのあにき）」と呼ばれ親しまれている。

ウニョンには、幼い頃から家族にすら言えない秘密があった。「普通」の人たちには見えないものを見、それと戦う力を備えていることである。多くの場合それらはぐにゃぐにゃしたゼリー状になっており、一種の〝思念〟のようなものだといえる。死者のみならず生者も放っているというのが厄介で、例えばM高校の空気中には、思春期の生徒が発するヌードの幻影が充満している。

そんなウニョンの必携アイテムはBB弾の銃とおもちゃの剣。ここにエネルギーを注ぎ込み、問題の種になりそうなゼリーをこっそりと霧散させたり、ぶった切っているのだ。漢文教師のホン・インピョを相棒に、日々学校のあちこちでゼリー（つまり人々の思念や思惑）が引き起こす奇想天外な事件に立ち向かっていく。

癖のある人物が次から次へと登場するポップな物語ながら、取り返しのつかない喪失への深い眼差しも滲む。二〇二〇年にはNetflixでドラマ化もされた。

原書データ

보건교사《ポゴンキョサ》 안은《アヌ》 영《ニョン》 (리커버《リコボ》 특《トゥク》 별《ピョル》 판《パン》)

原題：保健教師アン・ウニョン（リカバー特別版）
発行元：민음사（ミヌムサ）
出版日：2020年9月11日（初版2015年12月7日）
ページ数：296ページ
定価：14,000ウォン
カバーアート：Ram Han（ram_ _han）

不条理な労働を強いられセクハラに苦しむ「私」は、会社の屋上から飛び降りたくなるほど追い詰められていた。心の支えだった三人のオンニ（女の先輩）も立て続けに結婚し、会社を辞めてしまう。久しぶりに集まり、「私」に裏切り者と罵られたオンニたちは結婚するための〝秘訣〟とやらを教えてくれるが……（「屋上で会いましょう」）。

九つの短編を収録。性規範の押しつけ、ハラスメント、結婚と離婚を取り巻くこもごも、そばにある危険など、韓国の女性たちが直面する問題や生きづらさを親しみやすい文章で連帯の物語へと転化している。

国が違えど、世界の人々は意外と近くでつながっているというのが自身の文学的テーマだと話す作者。その言葉通り、一着のレンタルドレスをまとって結婚した／する女性たちの声を短いエピソードで紹介する「ウェディングドレス44」をはじめ、日本に暮らす私たちもごく身近に感じられる内容が多い。

「誰だって、孤立したり絶望したり良くない状況に置かれることがある。そんな時、小説は人々を救うことまではできないけれど、遠くにちかちかと見える小さな光のようにはなれると思う」（作者の関連インタビューより）。読者への応援と励ましが詰まった作品だ。

『屋上で会いましょう』

訳：すんみ
発行元：亜紀書房
出版日：2020年6月24日
ISBN：978-4-7505-1652-3
ページ数：320ページ
定価：1,600円＋税

原書データ

옥상《オクサン》에《エ》서《ソ》 만나《マンナ》요《ヨ》

原題：屋上で会いましょう
発行元：창비（チャンピ）
出版日：2018年11月30日
ページ数：280ページ
定価：15,000ウォン
カバーアート：Soo Shin Ji（sooshinji）

INTERVIEW

『屋上で会いましょう』チョン・セラン インタビュー

初出：〈「교보문고 教保文庫 CASTing」2018年11月30日公開〉から一部抜粋して収録

チョン・セランと短編小説

――短編をまとめた小説集は今作『屋上で会いましょう』が初めてですね。

実は短編でデビューしたので、必ず短編集を出したいと思っていました。でも長編に比べて、思ったより出すのが簡単じゃないんです。依頼を受けなければいけないし、いろいろな助成金の問題もあって遅くなりました。九年近くかかりましたね。そのおかげで一冊の本の中に、私が最初に始めた瞬間からこれまで、ゆっくり成長してきた時間が全て詰まっている気がします。二十六歳で書いた小説もあれば三十四歳で書いた小説もあるんです。そういう意味で、この短編集が私にとっては興味深い本でもあります。おそらく次に短編集を出すとしても、これより長くはならないと思います。

――今回、本にまとめる過程で修正を加えた部分もありますか？

はい。初めて誌面に掲載されたときと比べてかなり変わったと思います。まるで書き下ろしのような作品もあるんですよ。例えば「永遠にLサイズ」はほぼ書き換えたと思っていただければ。ストーリーが変わったというより、表現の中で心に引っかかる部分があったので、少しそぎ落とす作業を行いました。

――チョン・セランさんにとって「短編小説」はどんな意味を持つのでしょうか？

私は短編小説がとても楽しいジャンルだと思います。瞬間のひらめきだけでも執筆できるので。長編小説はマラソンのような感じですが、短編は一瞬で終わる種目なのでより軽い気持ちで実験的に書くことができます。構想する時間を除けば、二週間から長くても一つの季節を越えないので、その短い期間にキラキラとしたアイデアをひたすら追いかけていく面白さがあります。アイデア二つ、三つが重なって爆発する執筆の楽しさです。こういった楽しさが読者の皆さんにも伝わっていればうれしいです。

――「アイデア二つ、三つが重なって爆発する」という表現が面白いですね。短編ならではの執筆パターンはありますか？

普段からメモを本当にたくさん取っています。すべてを一つ一つ書き留めるのではなく、面白いと思うアイデアを中心に。それを書いておくメモ帳があるのですが、毎回ボロボロになるまで書いています。短編はたいてい、そこにあるメモが二、三個合わさったときに生まれます。この話を書こう、あの話を書こうと軽く一、二行書いておいたことが、ある瞬間つながるんです。熟考しているうちにつながるというより、ぼうっとしているときにそうなることが多いですね。バスでの移動中、見知らぬ町を歩いているとき、誰かに会って会話をしているときに、そうなったりするんです。その合わさったメモが引き起こすスパークで一気に書いています。

屋上で会う
チョン・セラン：新刊の話

――今作はどんな本ですか？

非常に異なる性格の小説が入っていますが、結局のところ基本的な問いは「世の中が私の望む姿ではないときに、どのように生きるべきか」で、それに対する文章だと思います。世の中が私の思うよりはるかに残酷で不当な場所であるなら、果たしてどのように生きるべきか、どのように私を防御するかについての話なのです。表現方法は現実的なものもあればファンタジーにあふれたものもありますが、結局言いたいことは同じです。

――そのせいか、本作には主人公のそばでともに乗り越えようとする友人が多く登場します。「ご存じのように、ウニョル」ではバンドの仲間、「ボニ」ではメージとギュジン、「離婚セール」でも周りの友人たちがいますよね。でも面白いのは、その友達が劇的な救いをくれるのではなく、存在だ

けで慰めになることです。わずかに頼るくらいの些細な介入が全てでしたね。

先日見た脳科学の研究結果の中に、好きな人とソーシャル活動をすることが幸福感に大きな影響を及ぼすという内容がありました。私はこの結果と似た考えを持っていて、友人からたくさんの影響を受けるタイプです。友達って私たちが選んだ人たちじゃないですか。家族のように生まれると同時に決まっているのではなく、自分が選んだ人だから、より頼りになるのではないかと思います。こういう考え方だからか作品にもそのような関係がよく登場するようです。私は運がいい方なので周りに良い友人がたくさんいます。悪い道に進んでいるときに助言をくれる友人もいますが、良いこと悪いことを問わず駆けつけてくれる友人もいるんです。おそらくそんな友人たちが私の作品の中にも存在していると思います。そして私は、人がどうしようもなく孤立する瞬間があると思うんです。例えば入社したときに同期がいなくて一人かもしれないし、海外出張に行ったときに一人残されたりもするじゃないですか。意外と簡単に人は孤立するのですが、そんなとき文学の中の人物たちが代わりに友人になってくれると思います。再び自分の友人と合流するときまで。もちろん本当の友人ほどではないでしょうが、実存する私の友人たちを土台にエキスを抜いて粘土人形のように作った登場人物なので、実存する人に劣らず慰めになるはずです。もし孤立している方がいらっしゃれば、この人物たちを通じてそこから抜け出してほしいです。

チョン・セランとファンタジー

——本作を読んで、どこにも縛られていない印象を受けました。

私は〝ジャンプ〟する話が好きなんです。この話からあの話へと思いっきり飛び跳ねるのが好きなので、文章もそんなふうに続いているんだと思います。

——私はチョン・セランさんの強みでもあるファンタジーと現実の適切な調和が、その自由奔放さをより浮き彫りにしていると感じました。

そうですね。基本的にファンタジーなものを楽しんでいます。現実の上に一枚のせるような感覚が好きで、人々が混同してしまうくらい、わずかにファンタジーをのせるんです。物語が一箇所に縛られず、あちこち飛び跳ねることができるのもそのためだと思います。だからこれからも、カップケーキの上にクリームをのせるようにファンタジーを使いたいです。作家として動ける範囲が広がるのもファンタジーの魅力ですね。

——それでしたら「ファンタジーが加えられたチョン・セラン流の小説」という世間の評価もうれしいですね。

未だにファンタジーとなると本を閉じてしまう方が多いんですが、私の作品を読んでくださる方々はとても開放的だと思います。ファンタジーだからといってすぐに閉じてしまわず、「一度行ってみよう」と付いてきてくださるじゃないですか。だから私の作品の読者の方々を誇らしく思わずにはいられません。最も開かれていて冒険的で、偏見のない方々ですから。

——では現実を取材して描写するよりも、ファンタジーを想像して描き出すほうがお好きですか？

負担の面で考えるとそうかもしれません。現実的な話の場合、周りにとても豊富なエピソードがあっても、それを作品の中に持ってくるには相当な部分を変えなければいけないんです。その人、あるいはその状況が全面的に公になってしまったら困るので。だからといって変えすぎてしまうとその話ではなくなるので、適切に混ぜて組み直す過程が必要です。その過程が私には負担になることがかなりあります。でも実在する話ほど人々を惹きつけるものはないので、手放せない部分ですね。一方でファンタジーはそういった負担が少ないんです。木像のような宇宙人が現れても誰かが被害を受けることはありませんから。そういった自由さがあります。平たく言うと、本当に大変な会社員の話を書くときにファンタジーを取り入れると負担感は減り、テーマには集中できるんです。なので二つを行き来しながら書くようになったんだと思います。それぞれの魅力がありますから。

——一つの文章にどのくらいファンタジーを混ぜるかあらかじめ決めておきますか？

そうですね。ある話は完全に現実的に書くべきで、またある話はファンタジーで書くのが合っているといったように、文章の始まりから計画するタイプです。『フィフティ・ピープル』の場合、最初からファンタジーが割り込む余地が全くなかったのですが、『保健室のアン・ウニョン先生』はファンタジーが本当にたくさん盛り込まれた作品です。濃度をあらかじめ設定しておいたのですが、その作業を楽しんでいます。

チョン・セランから見た今、この社会

——「ボニ」のボニは、一生懸命生きていたのに突然死でこの世を去った人物ですね。

そうです。そういう人がとてもたくさんいます。死ぬほど働いて本当に死んでしまった人たち。おそらく誰にでも一人は、そんな友人がいるのではないでしょうか。私は、私たちの社会がこのように進んではいけないと思います。これ以上そんなふうに友人を失いたくありません。自分は年を取っていくのに、そのように去った友人たちはその年で留まると思うとまた胸の片隅が痛みます。彼らを置いて私が通り過ぎてしまう気分というか。夜に時々、失ってしまった人々のことが思い浮かびませんか？その友人のことをもう一度考えながら書いたものが「ボニ」です。だから一番悲しい作品であり、悲しい人物です。もちろん全ての原因が過労ではないでしょうが、その影響がかなり大きな割合を占めていると思います。基本的にあまり休まない社会ですから。休む方法を学び直さなければいけないし、逃げる方法も学ばなければいけないと思います。耐えるのが美徳の社会だったじゃないですか。そのせいか私の作品には戦わずに逃げる人物がたくさん出てくるんだと思います。たくさん悩みもしました。でも今のような社会の雰囲気なら、怪我をせずに逃げられるということが必須だと思ってあえて人物を変えはしませんでした。

——どうすれば逃げられますか？　資本主義社会において簡単ではないでしょう。

私もどこに逃げればいいのかわかりませんが、本が一つの逃避先になるのではないかと思います。燃え尽き症候群には読書が本当に効果があるそうです。本の内容とは関係なく、推理小説や残忍な小説を読んでも効果があって、読書という行為自体が慰めになるとか。だから図書館がもっとたくさん必要なんです。疲れた人たちが頭を上げたとき、どこでも見つけられるようにあちこちに図書館が増えてほしいです。そして社会的にシステムを変えようとする努力が必要です。最近は変化が起きていますが、もっと変わらなければいけません。その核心は、休んでいても罪悪感を抱かないことではないでしょうか。休んでいると、こうしていていいのかなと悩んでしまうじゃないですか。生きるためにも、そんな罪悪感を抱くことなく休むべきだと思います。

——本作には女性というテーマもよく登場します。

当然、関心を持っているテーマです。私は基本的に、これまで声がよく聞こえなかった集団から声を出すのが好きです。排除された声はどこにでも存在するじゃないですか。必ずしも女性でなくても、そういう少数者全般に関心が向くんです。人のほかに環境や動物も、そういう意味でずっと興味があります。人間ではない存在の声を、私たちはあまりにも聞いていないと思います。私はそんな小さな声をもう少し大きく聞こえるようにする通路になりたいです。

——社会的なイシューをかなり頻繁に作品で扱っていますね。大々的に表現するのではなく、ほんの少し溶かし込む程度に。

本当に一生懸命コーティングをしています（笑）。飲み込みにくいから、のどごしを良くしようと心掛けているんです。評論家のホ・ヒさんは、私が「糖衣錠が上手い作家」「シュガーコーティングが上手い作家」だと表現していらっしゃいました。その通りじゃないかなと思います（笑）。

インタビュアー：イ・ジュヒョン

元の記事を読む

『声をあげます』

訳：斎藤真理子
発行元：亜紀書房
出版日：2021年6月16日
ISBN：978-4-7505-1698-1
ページ数：280ページ
定価：1,600円＋税

二〇一〇年から二〇一九年までに作者が発表したSF作品のうち八編をまとめた短編集。とある科学館を退職した主人公がその長い経緯を綴る「十一分の一」、巨大ミミズが降臨した日を起点に終末までの過程が複数人の視点で語られる「リセット」、アルツハイマー患者にいくらか有用だと謳われた新薬が思わぬ波及をもたらす「小さな空色の錠剤」、奇妙な理由で収容所に監禁されることになった人物たちを描く表題作「声をあげます」など、ユニークな設定と予想のつかない展開が特徴だ。

読み始めて数行で事の起こりと世界観が見えてきて、あっという間に引き込まれる。豊かな想像力で造形された多様な「人間外」のキャラクターたちは生き生きとして魅力的。どれも不思議な物語ながら、細かな状況説明や描写には説得感があり、まるで実際の出来事のように錯覚してしまう瞬間も。

共通するのは資本主義社会に対する疑問、そこに生きる自分たちを問い続けようとする姿勢、そしてあらゆる存在に向けられる利他的な意識である。絶望がただよう中でもなお、今とは違う未来、少しの希望を見出そうとする作者の柔らかい理想と強い意志が、バラエティに富んだストーリーに少しずつ溶けこんでいる。

原書データ

목《モク》소《ソ》리《リ》를《ルル》 드《トゥ》릴《リル》게《ケ》요《ヨ》

原題：声をあげます
出版日：2020年1月6日
発行元：아작（アジャク）
ページ数：269ページ
定価：14,800ウォン
カバーアート：Seoyoung（tototatatu）

INTERVIEW

『声をあげます』チョン・セランインタビュー

初出：〈「알라딘 서재 アラジンの書斎 PUNCH LINE」2020年1月15日公開〉から一部抜粋して収録

チョン・セランの物語へようこそ

――短編集『声をあげます』は「ミッシング・フィンガーとジャンピング・ガールの大冒険」という短くかわいい物語から始まります。SF小説にあまりなじみのない読者も勇気を出して読み始められる、親切な並びだと思いました。「メダリストのゾンビ時代」も最後を飾るのにふさわしいですね。

編集者さんも出版社の代表も私も悩み、順番を何度も変えたのですが、「ミッシング～」はいつも前にありました。「十一分の一」も前の方でしたね。二作ともオープニングという感じがします。「メダリストのゾンビ時代」もいつも最後でした。終わりだけど希望がある感じがする物語なので、ほかの位置は合いませんでした。

――本作の登場人物そのものが持つ健やかさやユーモアとは異なり、物語で想像されている世界の状況は非常に深刻です。「地球ランド革命記」にある「本物の地球は各種の暴力、ヘイト、災害だらけ」という言葉が、この小説が見ている今の世界をよく表していると思います。ヘイトが同じ範疇に入っているのも目に留まりました。

物理的な災害と同じくらい、ヘイトも私たちを傷つけていると思います。好きなアーティストたちが最近この世を去って、とても悔しかったんです。ますますヘイトについて深く考えるようになりました。なぜそうなのか、これをどのように解決できるのか。作家も悪意に晒されることが思ったよりかなりあります。自分でなくても他の作家たちが傷つくのを見ているととても苦しいです。つらいので互いに暴力的でない世の中になってほしいし、特にクリエイターとそれを享受する人に安全な仕組みがあってほしいです。歌手、俳優だけでなく音楽家だったり、他にも全て。執拗な悪意に悩まされることがあまりにも多いです。

――「リセット」で非常に共感したのは、昔の文明が生み出したコンテンツに対して次の世界の人々が、あまりにも暴力的で楽しむことができないと話す部分でした。二〇一〇年代の一連のイシューと変化以降、以前楽しく見ていた文学作品やドラマ、映画などをもう楽しむことができないという人も多くなりました。

私は八十年代のアメリカのハイティーン映画が好きなのですが、見直すとびっくりします。本当にかわいいティーン向けの作品と記憶していたのに、アジア人の脇役がとてもひどい目に遭ったりしていたんです。八十年代ならそれほど昔なわけでもないのに、その時代のとても大衆的で軽い映画を見てもこんなに不快だなんて。本当に二百年ほど経ったら、その時代の人々は今の私たちの文明に耐えられないだろうと思いました。小説だけでなく映画など全てがそのように感じられるでしょう。自分が五年前に書いた小説を直すだけでも大掛かりになります。直す機会があるだけ、考えが変わって前に進めるだけ幸いではありますが。

――チョン・セランさんもおっしゃったように、二十一世紀に私たちが楽しんでいるものを二十三世紀頃に見たら、彼らが私たちをどれほど憎たらしく思うでしょうか。

憎たらしいでしょうね。アメリカのシチュエーション・コメディで、ケーキを作って丸ごと捨てるシーンが出てくるじゃないですか。ゴミ箱に。この「食べ物を捨てる」ことに対して私は韓国人としてびっくりするんです。そういう驚きがあるでしょうね。二十三世紀の人たちは「韓国人は服を一年着たら捨ててたんだって」と驚くのではないでしょうか。平凡なシーンもとても違った受け止められ方をしそうです。この短編集の物語はそんなディテールのための小説なので、もしかしたら正統派のSFファンはあまり面白さを感じられないかもしれません。SFを借りて、実は変わっていく感覚にフォーカスした小説なので、物語自体がすごく新しくて驚異的なものではないと思うんですよ。土星ぐらいは行きますけど

(笑)。とても遠い宇宙のように、そんなに遠くへ行く話ではなく、私たちの文明について話していますから。

――科学小説ですが、物理学的な発想が核心というより視点を変える物語だと思いました。私たちは空間的、時間的な限界がありますから。これを宇宙単位で広げると視点が変わってきて、地球に住む私たちも遊園地の見世物になったりしますよね。

そうです。角度を変えてみる、そんな物語だと思います。

チョン・セランの世界へようこそ

――ミミズのことを最もよく知っていて重要な仕事を引き受けることになる若い女性のアン（「リセット」）、「嫌悪」を懸念する正しい価値観を持った収容者（「声をあげます」）、メダリストのジョンユンの体を素敵だと話すスンフン（「メダリストのゾンビ時代」）のような人物に出会うと安心します。チョン・セランさんの小説を読んでいる間は、いきなり受け入れ難い方向に話が展開することはないという信頼もあります。

努力はしていますが、また五年が過ぎたらどうかわかりません。価値観が本当に早く変わって、万全の注意を払ったのに後から見ると必ず直したくなります。でも、もう出た本は直せませんから。図書館の方たちに『八重歯が見たい』『地球でハナだけ』の改訂版をぜひ買っていただきたいです(笑)。以前のバージョンが図書館にあるので残念でした。以前は面白かった冗談が、私が書いた冗談なのに耐えられません。特に韓国がそうみたいで、実はこの部分にはちょっと自負心があるんです。変化の速度が速い国という点は、私たちが誇りを持ってもいいと思います。

――「リセット」で浪費を「暴力的」と描写しているのが印象的でした。過去の豊かさは「すごく嫌な種類の豊かさだ」という言葉も。「七時間め」では「昔の人たちはなぜそんなに毎日、病気になるようなものを食べていたのか」と話したりもします。環境への懸念は『地球でハナだけ』のような小説からずっと語っていらっしゃる題材です。

科学小説の作家と一緒にいると、科学者ともよく会う機会があるんですよ。皆さんとても絶望していらっしゃって、専門家の危機感が私にも少し移っているようです。大量絶滅が近づいているとずっと心配されているんです。実際に指標もとても悪いですよね。専門家たちの危機感がほかの人々に広がらないので、これを共有するのが創作者の役割ではないかと思うようになりました。あまり深刻に言うと伝わらないので、少しコーティングして見せたいです。

――「この物語が古くなったら私はうれしいです」ともおっしゃっていました。チョン・セランさんが考える、最近最も懸念される、警戒している恐ろしい未来はどんなものなのか気になります。

気候危機が来れば貧しい国や貧しい人々がより大きな打撃を受けるでしょう。その点が本当に心配です。島が沈んでしまう熱帯の国のように、とても悪い形で現れるのではないでしょうか。その人たちが炭素をたくさん排出したわけではないですよね。裕福な国による被害を一番弱い人たちが受けることになるので、危機が不公平に訪れるというのが心配です。韓国はもう弱い国ではないじゃないですか。経済大国で炭素を多く排出する国なので、私たちのせいで全く別の人々に問題が起きたらと心配しています。台風がだんだん強くなっているのがとても怖くないですか？　その世界でどうやって生き残ればいいのかわからないんです。そんな点が毎日怖いですし、私は鳥類愛好家なので鳥たちが消えることも恐れています。都市で見られる鳥がとても少ないんです。海中のクジラやカメはプラスチックなども飲み込んでしまうじゃないですか。食べてはいけないものだと言ってあげたいんですが、それはできないので。あまりにも美しく、数十万年かけて進化してきたものを私たちが全て台無しにしてしまうんだなと思います。過去にも大量絶滅はありましたが、今の進行速度はそのときより五百倍は早いと聞いて眠れません。

インタビュアー：キム・ヒョソン

元の記事を読む

朝鮮戦争（一九五〇～一九五三年）のさなか、軍による民間人虐殺によって家族を失い、身一つでハワイへ移ったシム・シソン。芸術の道を志していた彼女は声をかけてくれた画家についてドイツへ渡るも、アジア人、そして女性であるがゆえに理不尽かつ巧妙な暴力にさらされる。

帝国主義、戦争と虐殺の歴史、女性への暴力、加害に対する傍観。時代は変われど、弱い者へ向けられる多層的で複雑な不条理は形を変えて存在する。檻のような生活を耐え抜いてついに韓国に戻ったシソンは、周囲からの不名誉な評価にも臆せず、過激なほど進歩的な知見で数々の言葉と文章を残し、豪胆な〝女史〟として人々の記憶に刻まれた。

ときは二十一世紀。シソンの子（三女一男）とその配偶者たち、そして五人の孫らはシソンの死後十年という節目にハワイで一風変わった祭祀を行うことに。サーフィン、博物館めぐり、パンケーキ店での食事、新たな出会い、コーヒー豆探し……。数日間、各自の時間を過ごしながら、ふと過去にシソンと交わした会話を思い出す家族たち。それぞれがシソンから受け取っていた〝かけら〟がピースとなり、胸の内に抱えてきた欠落や戸惑い、不安、恐怖に折り合いをつけていく過程が描かれる。

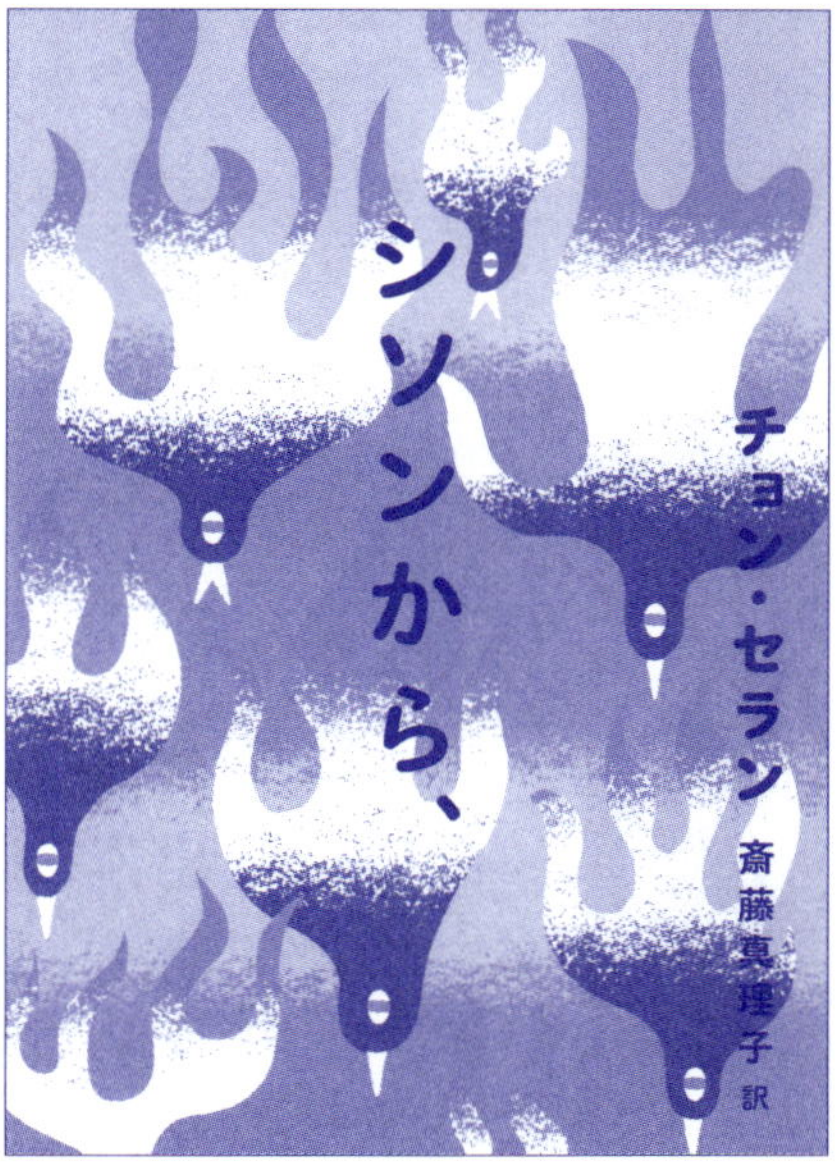

『シソンから、』

訳：斎藤真理子
発行元：亜紀書房
出版：2021年12月22日
ISBN：978-4-7505-1725-4
ページ数：360ページ
定価：1,800円＋税

原書データ

시선으로부터《シソヌロブト》,

原題：シソンから、
発行元：문학동네（ムナクトンネ）
出版日：2020年6月5日
ページ数：340ページ
定価：14,000ウォン
カバーデザイン：marie kim
（design.mariekim）

『地球でハナだけ』

訳：すんみ
発行元：亜紀書房
出版日：2022年7月23日
ISBN：978-4-7505-1753-7
ページ数：240ページ
定価：1,600円＋税

作者が「もう二度とこれほど甘い話を書くことはできないと思います」と語るSFラブストーリー。

主人公のハナは、ソウル・麻浦区にある洋服直し屋「転生《ファンセン》」の店主。大事な人の思い出がつまった衣類を一つひとつ丁寧にリメイクする。環境問題に対する意識が強く、自らもエコな生活を実践している自立した女性だ。基本的には穏やかな人生を送っているハナだが、ある日、当惑しながら国家情報院に電話をかけることになる。「彼氏が……おかしいんです」「危険……な気がします」。旅行先のカナダで音信不通になった彼氏キョンミンが別人のようになって戻ってきたのだった。性格や好みの変化といったレベルではない。突然、目と口から緑色のビームを放ったのである。

ハナの前に現れたのは「宇宙フリーパス」と引き換えにキョンミンから身体を譲り受け、はるばる二万光年を飛び越えてきた宇宙人。一途で大胆な宇宙人は、いくつもの惑星の中からたった一人、ハナに一目惚れし、居ても立ってもいられず地球を目指したのだという。

幼い頃から絵本や児童書を通して環境について学び、環境主義者として成長した作者。環境保護を諦めないピュアな思いが登場人物の性格やストーリーに投影されている。

原書データ

지구에서《チグエソ》 한아뿐《ハナップン》

原題：地球でハナだけ
発行元：난다（ナンダ）
出版日：2019年7月31日
ページ数：228ページ
定価：13,000ウォン
カバーデザイン：marie kim（ design.mariekim）
カバーイラスト：Jimin Chae（ jiminchae1121）
채지민, 〈A Distance Between Us(2)〉,
53×45.5cm, Oil on Canvas, 2019

昼は会社員をしながら地道に小説を書き続け、ついに初の短編集を出せることになったジェファ。これまで様々な媒体で発表してきた九つの短編を改めて読み、手直しする日々だ。SFから童話、ラブストーリーまでジャンルは幅広いが、共通するのは必ず最後に男性登場人物が殺されること。その全員が元カレのヨンギにどこかしら似ているのだった。そんなふうに、忙しくも充実しているジェファの周囲で、ある時期から些細な違和感が積み重なっていく。

一方のヨンギ。付き合っていても目の前の自分ではなくどこか遠くを見ているようなジェファに距離を感じ、別れてからしばらく経つ。しかし宝石のようなジェファの八重歯だけはたまに恋しく思い出していた。現在はかなり年下のかわいい彼女がいるも、ある日を境に突如として身体に浮かび上がってきたタトゥーのような文字が発端で疑心の目を向けられて……。

ヨンギの身体に刻まれたのは、ジェファが書いた小説の内容だった。それもヨンギに似た登場人物が死ぬ、まさにその瞬間の。時と場所を越えてもう一度つながった二人。この意味は果たして? ぞくりとする後半の急展開で、タイトルのダブルミーニングにも気づかされるロマンチック・スリラー。

『八重歯が見たい』

訳：すんみ
発行元：亜紀書房
出版日：2023年9月23日
ISBN：978-4-7505-1818-3
ページ数：232ページ
定価：1,800円＋税

原書データ

덧《トン》니《ニ》가《ガ》 보《ポ》고《ゴ》 싶《シ》어《ポ》 (개《ケ》정《ジョン》판《パン》)

原題：八重歯が見たい（改訂版）
出版日：2019年11月5日（初版2011年11月30日）
発行元：난다（ナンダ）
ページ数：228ページ
定価：13,000ウォン
カバーデザイン：marie kim（design.mariekim）
カバーイラスト：Woosung Lee（wooosung_lee）
이우성，〈대청댐〉，65×50cm，
캔버스 위에 아크릴릭 과슈，2017

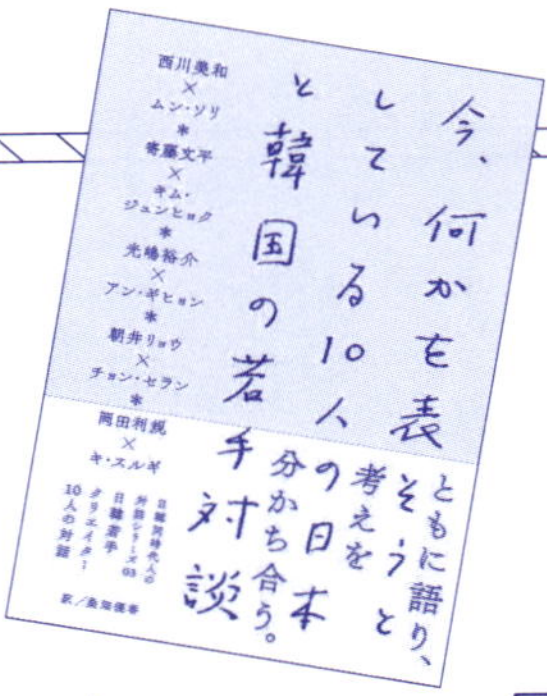

『今、何かを表そうとしている10人の日本と韓国の若手対談』

著：朝井リョウ、チョン・セランほか
訳：桑畑優香
発行元：クオン
出版日：2018年3月31日
ISBN：978-4-904855-74-4
ページ数：293ページ
定価：2,200円＋税

国際交流基金ソウル日本文化センター・韓国国際交流財団東京事務所・クオンの共催で、二〇一五年から三年間にわたって行われたプロジェクト「日韓若手文化人対話―ともに語り、考えを分かち合う」。アート、演劇、映像、建築、文学……各分野で「今、何かを表そうとしている」二十代～四十代前半までの文化人五組十人が出会い、語り、問いかけ合った対談の様子と、対談前後に交わした手紙が収録されている。

「文学」をテーマに向かい合った小説家の朝井リョウとチョン・セランは、ともに似ている部分があるとしながら親しみを持って対話を深めていく。それぞれの国の出版事情、読者へのメッセージの届き方、本という媒体の展望、仕事を受ける基準、創作にまつわるリアルな話、そして互いの作品を読んだ感想まで。小説家の目と言葉を通して語られるレビューによって、一度読んだ作品の新たな魅力にも気づかされるはず。

対話を経て相手の国の文化・文学への関心を募らせた二人。自分にはなかった視点を得ると、手にするもの、考えることが少しずつ変化していく。それをまた手紙で共有することで、興味関心や問題意識が混じり合う――。この本が、今も続く友情の原点となった。

『絶縁』

「韓中日＋東南アジアの若手世代の作家七～九人で、同じタイトルのもとそれぞれ違う短編小説を書いてアンソロジーを出してみたいです。今、思い浮かんでいるタイトルは『絶縁』です」。チョン・セランのひと言から始まり、アジア九都市九人の作家が参加した前代未聞のプロジェクト。九作中七作が書き下ろし、二作が初翻訳で、日韓同時に刊行された。

［**収録作品**］
村田沙耶香「無」
アルフィアン・サアット「妻」／藤井光・訳
ハオ・ジンファン「ポジティブレンガ」／大久保洋子・訳
ウィワット・ルートウィワットウォンサー「燃える」／福冨渉・訳
韓麗珠「秘密警察」／及川茜・訳
ラシャムジャ「穴の中には雪蓮花が咲いている」／星泉・訳
グエン・ゴック・トゥ「逃避」／野平宗弘・訳
連明偉「シェリスおばさんのアフタヌーンティー」／及川茜・訳
チョン・セラン「絶縁」／吉川凪・訳

著：村田沙耶香、
チョン・セランほか
訳：吉川凪ほか
発行元：小学館
出版日：2022年12月16日
ISBN：978-4-09-356745-9
ページ数：416ページ
定価：2,000円＋税

韓国語版データ

韓国語タイトル：절연（チョリョン）
発行元：문학동네（ムナクトンネ）
発行日：2022年12月5日
ページ数：412ページ
定価：17,000ウォン
カバーデザイン：シン・ソナ（ssuung_e）
カバーイラスト（日韓共通）：
Zhao Wenxin（fumi_zhao）

アジア９都市アンソロジー

『絶縁』刊行記念対談

村田沙耶香×チョン・セラン

アジア文学という冒険がはじまる

2022年12月に刊行された『絶縁』は、村田沙耶香、ハオ・ジンファンをはじめとするアジア９都市の作家９名が参加するアンソロジーである。多くの作品が書き下ろしで、韓国でも老舗出版社・文学トンネから同時刊行された。この異例プロジェクトは、テーマや参加作家の枠組みも含め、韓国の人気作家チョン・セランの次の発案から始まったという。「アジアの若手世代の作家たちが同じテーマのもと短編を書く――そんなアンソロジーを作ってみませんか?」2023年９月末、ソウル国際作家フェスティバルに出席するため渡韓した村田沙耶香は、イベントの合間を縫ってチョン・セランのもとを訪ねた。日韓を代表する作家の初対談は、「絶縁」に込めた思いにはじまり、お互いの作品講評、創作論にまで多岐に及んだ。

〈初出：「文藝」2023年春季号〉から一部抜粋して収録

絶縁という言葉には「中間」がない

——お二人が実際に会うのは今日が初めてということなので、まずはこの場に参加された感想をお聞かせください。

村田　（チョン・セランから）この小説のアンソロジーの「絶縁」というテーマをいただいたことにすごく感銘を受けていて、お会いできるのをとても楽しみにしていました。

チョン　私もずっと村田沙耶香さんの小説を読んできたので、実際にお会いできる今日という日を、春からカレンダーに印を付けて指折り数えていました。先日、他の小説家と集まる機会があったのですが、村田沙耶香さんにお会いすることを話したら、みんなにうらやましがられて。本当に私はラッキーで、貴重な機会に恵まれたんだなと実感しました。

——こうした多国籍のプロジェクトは、言語や契約関係といった実務的な難しさが伴うせいもあり、非常にまれなことだと思います。チョン・セランさんに質問ですが、このプロジェクトを始めることになったきっかけや、「絶縁」というテーマを選んだ理由についてお聞かせください。

チョン　日本の文学界の方々との交流は、いつも意義深くて楽しいものだったので、日本の出版社（小学館）から今回ご提案をいただいたときもぜひやってみたいと思いました。最初は韓国と日本の作家がそれぞれ半分ずつ執筆するというプロジェクトでしたが、調整がなかなか難しくて。それなら（一作品あたりの）分量を少なくして作家の負担を減らし、これを機に韓日文学界の友情をアジアの他の地域にも広げられたらいいなと考えたんです。

アジア各国の作家さんに余裕を持って原稿依頼をするために、テーマを早めに決定しなければならなかったのですが、この数年間を振り返ったとき、長い付き合いだった人、好きだった人、憧れていた人との別れを経験してきたことに気付きました。

その現象が私だけではなく、周囲の多くの人に起こっていたのです。この時代は人と人が別れる時代なんだな、そのことについてアジアの作家のみなさんと語り合ってみたいと思い、テーマを決めました。ここまでが私がやった仕事です。私はアイデアを提供しただけで、その後の執筆依頼などはすべて出版社の方々がやってくださったので、とても感謝しています。参加してくださった作家のみなさまにも御礼申し上げます。

村田　私の記憶が正しければ、最初に小学館の編集者さんからメールを頂戴したとき、そこには「日韓それぞれの作家たちの競作のような形で原稿を執筆・掲載できないか、とチョン・セランさんにご依頼しました。するとセランさんから、『同じテーマでアジア各国の作家がそれぞれ違う短編小説を書いたアンソロジーを出してみたいです。今、思い浮かんでいるテーマは「絶縁」です』とご提案いただきました」という内容が書かれていました。その規模の大きさとテーマにぞくりとしました。セランさんの視野の広さと発想に痺れるような気持ちでした。

日本語では〝ぜつえん〟と発音しますが、各言語で意味も少しずつ違っているでしょうから、それを知ることもすごく面白いだろうし、他の言語で作家さんがどんなふうに書くのかも楽しみでした。私自身もたくさんの別れとか、いろんな形での絶縁、人とは限らない絶縁を感じることがあったので、とても深く刺さるテーマでした。

（中略）

いつか本当の〝無〟まで到達した世界を描いてみたい

村田が今回書き下ろした「無」は、「絶縁」に正面から取り組んだ作品だ。グリーン・ギャル、喪服ガール、リッチナチュラル……さまざまなブームの流行り廃りの末に、若者の間で〝無〟が流行し、世界各地にそのライフスタイルを実践する〝無街〟が出現した。無か、混沌か、人々が翻弄される世界を描いている。

――村田さんは以前から「絶縁」というテーマに深い関心をお持ちだったように思いました。今回の「無」は、どのように生まれましたか。

村田　最近すごく興味があるのが、同じ場所にいても、人それぞれ違う光景を見ているということです。絶縁という言葉は、そうした繋がっている断絶を私にイメージさせました。「無」では、同じ時代に生きているけれど、違う世界を生きている三人を三つの視点から描いてみました。〝無〟ということに最近すごく興味があって、自分が空っぽなのではないかと思うときが増えています。自分の言葉はどこからきたのか？　今、発している言葉も本当に自分から湧き出たのか、自分に入ってきた文化から発生したものなのか？　それとも他者の模倣なのか？　どこまでが私のオリジナルの言葉なのかわからないまましゃべっていることがあって、自分に対して空っぽのコップのようなイメージを持つことが増えました。それで、みんなが無になろう、空っぽになろうとしている光景を自然に想像しました。私は小説の結末がどうなるかをまったく決めないで書くのですが、この小説の中では語り手は本当の意味では空っぽになりませんでした。彼らが〝無〟と呼んでいるものは暗い穴のようなもので、その穴はどす黒いうめきのようなものを孕んでいました。語り手が空っぽになろうとしても、その空洞が叫び声をあげ、なかなかそれは消去できませんでした。いつか本当の〝無〟まで到達した世界を描いてみたいです。

――「無」の中には「安定志向シンプル世代」「リッチナチュラル世代」など、さまざまな表現が出てきますが、こうした世代に対する意識はどのように生まれたのでしょうか。

村田　小説を書き始めた頃はわかっていませんでしたが、時代が変容していく小説を何本か書いているうちに主人公が見ている光景よりさらに引いた場所に、もう一台カメラが置いてあって、時の流れを見つめている感覚を抱くようになりました。たとえば、親世代が使っている言葉が消えたり、私たちの世代から新しく言葉が発生して、意味を変えながら消えていったり。または昔は食べていたものを今は食べなくなったり、絶対に食べなかったものを喜んで口にするようになったり。世界は少しずつグラデーションで変わっていくのだと感じ、そのことに強い興味を持つようになりました。世代が違う人物が自分とは違う文化をごく自然に味わっている。彼らからなにげなくその文化の破片がこぼれ落ちてきたときに、自分や同世代の友人がまったく違う感覚を抱く。その光景に惹かれるのです。私はいつも小説を書くとき、自分の無意識を攻撃しているような感覚があります。語り手が見ている時の流れとは違う時間の流れやそこに広がる光景の存在を強く感じるようになったのは、自分が無意識では知っていた光景を小説を通じて思い知らされたからかもしれません。

――ご自身はどの世代に属していると思われますか。

村田　私は、この小説を書きながら〝無〟の世代のような気がしていました。空っぽの世代。なぜそう思うのかわからないのですが。ただ、世代は完全に分裂しているわけではなく、グラデーションで繋がっています。そこが面白いところだと思っています。

――チョン・セランさんはこの作品をどのように読まれましたか。

チョン　まずは母娘関係、あるいは親子関係について、言葉にするのが難しい部分が実に鋭く解釈されていた点が本書のテーマにぴったりでした。何と言っても、作品全体に本当に奇妙な揺らぎがあるところが魅力的でした。この人の視点から見たとき、あの人の視点から見たときに発生する揺らぎの中で、読む人も一緒に揺れることになるという特別な体験でした。振動と混沌をもたらしてくれるこの作品を愛しています。先ほどお話ししたように、私はこの〝無〟という概念にすっかり魅了されたのですが、少しでも苦しさを感じている人であれば、同じように魅了されるのではないかと思います。でも、先ほど村田さんがこの作品を執筆したとき、空っぽのコップみたいな感じがしたとおっしゃったので、苦しさからこういうテーマが生まれたわけではないことがわかりました。だとしたら、この〝無〟というアイデアにたどり着くまでに、村田さんが抱き続けてきた問いはどのようなものなのでしょうか。

村田　私が繰り返し自分に投げかけている質問ですが、人間ではない生き物から見た人間の姿というか、宇宙人から見たエイリアンとしての人間みたいなことをずっと考え続けています。苦しさという観点から言えば、私は子どもの頃から本当に内気で、しゃべるのが得意ではなくて、おどおどしていて、早く普通の人間になりたいと思いながら過ごしていました。それは命を脅かすほどのものすごい苦しさで、ずっと私を切り刻んでいたと思います。でもいつからか、その〝普通の人間〟ということ自体が、とても奇妙で、いびつで、興味ぶかい虚構なのではないだろうかと、小説の語り手たちが感じ、呟くようになりました。私は小説の中で、人間の目を捨てたいと願うようになりました。その眼差しで見たとき、どんな光景が広がっているのか、少し異常に思えるほど知りたくて、固執しています。脳の外に出たいのです。それは大きな問いとしてずっと私にあるように思います。〝無〟というイメージも、その問いとかなり密接に接続しているように感じています。

ねじ曲がった論理が もっともらしい顔をする

チョン・セランが書き下ろした「絶縁」は、放送作家を巡るジェンダー問題を扱っている。6人の女性放送作家に甘い言葉を囁いて近づき、あげくインターネットで行状を告発された男への処遇を巡って、主人公佳恩（カウン）が親しい先輩夫婦と対立する。映像制作会社に勤める佳恩は、恋人の横暴なふるまいに悩んでいた自分を救ってくれた先輩夫婦を、家族のように慕っていたのだが——。

——チョン・セランさんの「絶縁」という作品では、人間関係におけるはっきりとした絶縁が描き出されています。この物語は、主人公の佳恩が友達の善貞《ソンジョン》、亨祐《ヒョンウ》との縁を切る物語でもありますが、不道徳な行為をした人物が社会からどのように縁を切られるか。その明確な基準というのは存在するのか、という問いを投げかけているようにも見えました。この作品はどのように構想したのですか。

チョン　いろいろなきっかけがあったと思います。表面的には文学界で問題を起こした人物が復帰する際に繰り返されるパターンについて書きたいという気持ちがありました。たとえば、ある人は信頼を得るために大変な苦労をするのに、またある人の言葉は実にたやすく共感と同情を得て、二度目、三度目のチャンスを得るということがありますよね。同じ人間であっても、心の通じ合う回路がねじれているということについて書かなければと思ったのです。小説に書いた内容とは違いますが、同じ経験に関する記憶が家族と異なっていたこともモチーフになりました。どうして私の記憶だけが違っていたんだろう、と驚いたんです。ここ数年、精神的に参っていた時期があったのですが、もしそんな時期にどこかで証言をするようなことが起こったら、どんな目に遭っただろうか？

　そういう過程もまた、さまざまな出発点の中の一つでした。そしてまた、私は今まで葛藤や摩擦は抑制されるのではなく、表に溢れ出てきたほうが健全であり、時が過ぎれば回復や治癒が可能だと信じていたのですが、その考えが変わったこともきっかけの一つです。回復も治癒もできない、分裂と破裂だけが残る葛藤もあるんだなと思

うようになったんです。単純に不愉快なだけの出来事と完全に違法な出来事の間には、とても広くて複雑なスペクトラムがありますよね。包丁でスパッと切るようには分けられない、あいまいな事件の場合、それを解釈する人々の意見もバラバラになりますが、ねじ曲がった論理がもっともらしい顔をすることがあります。この小説はそれぞれにゆがんだ面を持つ人物がでてくる不快な小説です。全員を、すべての文章を疑っていただけたらと思います。読む人がピンボールのようにぶつかり、はねながら、自分ならではの答えに行きつく小説を書きたかったです。私はふだん不快な小説は書かないタイプですが、今回のテーマには合うだろうと判断しました。私としては新しい試みでした。

――作品中の「現代の結婚とは結局、一つの画面をずっと一緒に見続ける行為ではないか」という文章が印象的でした。伝統的な観点から離れて、共同体の形を再定義するという面で興味深かったです。そこから派生して、「現代の友達とは些細な日常生活だけではなく、モラルを共有する関係」と言うこともできるでしょうか。

チョン　その部分は、コロナ禍で私が画面を眺める時間が長くなった経験をもとに書いた文章なので、それほど深い意味はありません（笑）。ですが、さまざまな活動が遮断された状態で、人間関係の骨組みがあらわになったのではないかと感じることはありました。コロナ禍の前までは、人と会って一緒に食べたり飲んだり、スポーツをしたり、映画を見に行ったりしながら、深い会話をしなくても人間関係を維持することができましたが、それらが消えた結果、会話だけが残ったわけです。じっくり見てみると、真剣な会話ができるグループと、長い付き合いだからお互い諦めて関係を続けていこうというグループに分かれていました。モラルというところまでいかなくても、会話の時点で枝分かれする地点があって、人間関係のレントゲンのようだなと感じました。

村田　（「絶縁」を）静かで深い痛みを感じながら読みました。私自身の人生の記憶から、似た痛みが蘇ってくるような感覚もありました。価値観による、こういう形の絶縁がいろんな人の記憶にあるような気がしています。私自身も誰かとの関係を静かに諦めたことが何度かありました。諦めたままその人と人間関係を続けていくということもあったと思います。その人の前で心の扉を開くことはもう絶対にないと思いながらも縁は切らず、その人が人生に存在し続ける。でもこの小説に描かれていることは、そこから一歩踏み出すということ。すごく悲しいことでもあるけれど、主人公の勇気や力のようなものを感じました。諦めつつも絶縁はしないという選択ではなく、それをちゃんと伝えて生きていくことを選んだというのは、ものすごく大きなことに思えます。主人公は、自分を裏切らないで生きていくことを選択していると感じました。それで、痛みもあるけれど、とても大切で力強い一歩の物語でもあると、自分の魂の声、叫びから耳を塞がず進んでいく、そういう美しさもある作品だと思いました。

チョン　私にはできないことを主人公にやらせたような気がします。現代は、言葉にしない〝絶縁〟のほうが多い時代だと思います。「あんたとはもう会わない」「あなたとは仕事はもうしません」と思っても、それを口に出すことは少ないですよね。フィクションの小説の中だから、爆発できるのだと思います（笑）。

小説を書くときは水槽のイメージがある

——村田さんは現在、ソウル国際作家フェスティバル参加のために韓国滞在中ですが、国籍の違う作家が交流をするのは非常にまれで貴重な機会だと思います。これを機に、聞いてみたいことがあれば自由に質問してください。

村田　小説家の人に会ったらいつもお聞きしたいと思うことなのですが、ライティン

村田沙耶香（むらた・さやか）

1979年生まれ。2003年、初めて投稿した小説「授乳」で群像新人文学賞優秀作を受賞してデビュー。2009年『ギンイロノウタ』（新潮社）で野間文芸新人賞、2013年『しろいろの街の、その骨の体温の』（朝日新聞出版）で三島由紀夫賞を受賞。2016年に芥川龍之介賞を受賞した『コンビニ人間』（文藝春秋）は、30以上の言語で翻訳され、全世界の累計発行部数は100万部を突破した。以降も『地球星人』（新潮社）、『生命式』（河出書房新社）、『変半身』（筑摩書房）、『丸の内魔法少女ミラクリーナ』（KADOKAWA）と、新たな世界を読者に提示する作品を書き続けている。

グスタイルに興味があります。何から始めるのか。私はいつも似顔絵から描き始めるのですが、手を使うのか、最初から文字を打つのか。物語がいつも何から始まるのか。言語が違っても似ているところがあったりするかもしれないし、そういうことにすごく興味があるので、もし良かったらお聞きしたいです。

チョン　私もやっぱりビジュアル化から始めていると思います。絵心がないので実際に描きはしないのですが、特定の場面を頭の中に思い浮かべるところから物語が形成されていきます。導入部であることもあれば、結末や中間部分だったりもします。「この人とこの人が会ってこんな会話をする」という決まった設定での行動を想像してから、その場面にたどり着くために走り出すという感じです。

村田　そうなんですね。言葉が先にあるタイプの作家さんもいるのですが、（セランさんは）映像が先にあるタイプの作家さんなのでしょうか。私もそうなのですが……。

チョン　そういうところが通じ合っているんじゃないかなと思います（笑）。私も好きな小説家の方に会ったらいつも質問していることなのですが、無意識に繰り返し使っていて、推敲するときに削る単語を知りたいです。私は「ぼうっとしている」とか「少し」という表現を使いがちなのですが、村田さんはいかがですか？

村田　私は「本当に」という表現を地の文よりも台詞で、つい繰り返してしまうことがあります。いつも繰り返してしまいますね。「本当にそう思うよ」とか。「ただそう思った」ではなくて、一歩踏み込みたいと思っているからだと思うのですが。印刷してから何度も人物が喋っていることに気が付いて、たくさん消すことがあります。

チョン　小説家によって、繰り返す表現はそれぞれ違いますよね。それからもう一つ、知りたいことがあります。一般的には、小説家は読者を物語に引き込むために、共感と感情移入という戦略を多用すると思うのですが、村田さんのやり方は少し違うように感じました。どういう感じかと言うと、まずショックを与えて読者の表面に亀裂を作り、そこに痛みを感じさせる液体を注ぎ込む、みたいな（笑）。読んでいる最中はショックに陥って、読後はじっくり噛みしめることになります。ご自身が考える、村田さんならではの戦略や方法をさす言葉があれば教えてください。

村田　私は、『コンビニ人間』を書くまではまったく売れない作家でした。「こんなに売れない本を出してもらっていて、本当に編集者さんに愛されている作家だね」としみじみ言っていただき、本当にそうだなあと感謝していました。実はこの感覚は今もあまり変わっていないんです。たくさんの読者に読んでもらうためという視点が完全に抜け落ちていて、自分が面白いというか、物語に自分自身がとらえられることをいつも望んでいます。小説を書くときはいつも水槽のイメージがあります。空っぽの水槽を目の前に用意して、登場人物、場所、匂い、いろいろなものをそこへ入れていきます。そうすると、ある時点で、水槽の中で自動的に物語が動いて、人物が喋り、いろいろな光景が生まれていくようになります。それを壊さないように、なるべく忠実に書き留めます。水槽の中で、人間としての自分を裏切るようなことが起きたときも、小説を裏切らないことにしています。実験のような感覚ですが、自分にとってつまらない実験は最後まで続きません。ある作家さんが、「がっちゃ虫」という虫が――すみません（笑）。訳せませんよね――本の中に虫がいて、その虫にがしっと摑まれる本は最後まで読んでしまう本だと、他の作家さんのエッセイで読んだとおっしゃっていたことがありました。確かにそうだなとすごくびっくりしたことがあります。読むときもそうですが、私は書くときにがしっととらえられるような感覚が起きるようになんとなく水槽の中を調整している気がします。もし私をがしっと摑んで小説を書かせた虫と同じ虫が、読んでくださるかたのこともがしっと摑んでくれたら、私はとても嬉しいです（笑）。

チョン　期待どおりのお答えでした。もう一つ、簡単な質問をさせてください。私は現在、次の長編小説を書く前の〝予熱〟期間なので、小説以外の活動のほうが多いです。映像やアニメーション、音楽、美術関連など、いろいろな作業をしています。「私って小説家なんだっけ？」と思ってしまうほど、小説から遠ざかっている感があるので、早く執筆活動に戻りたいです。村田さんは次の作品を書くまでの予熱期間をどのように過ごしていますか？

村田　私は小学校のときから小説を書いていて、高校のときに小説を書けなかったというトラウマがあるため、小説を書き終えたらその日に新しいノートを開いて、次の小説を書き始めることにしています。一行でもいいから、新しい小説を書いておくと安心します。予熱期間があったほうがいいのかもしれないのですが、怖くて作ることができないのです。私の小説の先生は、「どんどん書かないと小説が便秘になる」とおっしゃっていたので（笑）、なるべく書くようにしています。でも、個人的には、書かない期間も小説家は小説を書いていると思っているので、うまく言えないのですが、その期間を作らないというのは、もしかしたらあまり良くないことかもしれないのですが。

チョン　読者としては本当に嬉しいことです。

（中略）

この本はゴールではなく スタート地点であってほしい

――この本は韓国と日本で同時出版ということですが、この時代に文学を愛し、アジアの他国の作家に関心を持っている読者のみなさんは、どんな方々でしょうか？　伝えたい言葉をお願いします。

チョン　私は、能動的に自分を新しい文化に触れさせる人というのは本当にすごいと思います。大きくても小さくても、冒険をすれば傷つく恐れもあるし、自分が流される恐れもあって、体験した後で自分が変化する可能性もあります。どの方向に展開するかわからない分岐点に立ってみることだ、と言えるでしょうか。冒険的な読者のみなさんに読んでいただけることがいつも嬉しく、感謝しています。私もそんな読者になりたいです。アジア文学の冒険のために、この本が交流のゴールではなく、スタート地点であってほしいなと思います。

村田　私は、尊敬する方から「読書は、音楽に譬えれば、演奏だ」という日本の作家の小沢信男の言葉を教えていただきました。そのため、小説の文章は演奏にあたるのではなく、楽譜にあたるのではないかとおっしゃっていました。私はその言葉をとても大事にしています。

その言葉から展開して考えると、このアンソロジーはいろいろな言語で描かれた楽譜、いろんな楽譜が詰まっている音楽集なのかもしれないですね。読者が百人いたら百通りの音楽が流れるのが読書なのだろうと、その言葉からいつも考えていますが、このアンソロジーはとても多重な音楽が流れる楽譜集だと思います。読者のみなさんにとっても、新しい自分から流れる音楽の発見となれば嬉しいです。そして、それがどんな音楽なのか、作品を書いた私たちにもいつか聞かせてもらえたら、それは大きな喜びです。

NEW

邦訳新作

아라의《アラエ》 소설《ソソル》

原題：アラの小説
発行元：안온북스（アノンブックス）
出版日：2022年8月24日
ページ数：216ページ
定価：15,000ウォン
カバーイラスト：Ring（ring_411）

**早川書房より
24年11月に刊行予定！**

『私たちのテラスで、終わりを迎えようとする世界に乾杯』

面白くて奥深くて強烈。チョン・セランワールドの集大成！二〇一一年から二〇二二年までにさまざまな媒体で発表された掌編や短編をまとめた一冊。原題『アラの小説』の〝アラ〟は、作者曰く「最も果敢な主人公によくつけられる名前」。小説家のアラ、誤解されやすいアラ、強い意志をもって部屋を整理するアラ――。収録された物語には、まるで並行宇宙のように多彩なアラたちが登場する。光る言葉がさらりと挟まれる、宝石箱のような小説集だ。『私たちのテラスで、終わりを迎えようとする世界に乾杯』というタイトルで早川書房より刊行予定（詳細はP.52）。

**亜紀書房より
24年11月に刊行予定！**

『J・J・J三姉弟の世にも平凡な超能力』

とある休暇の終わり。ジェイン、ジェウク、ジェフン三きょうだいは蛍光色のアサリが入った料理を食べたことで超能力を得てしまう。しかし、その力は些細なもので……。「誰かを救え」という謎のメッセージを受けた三人は、テジョン、アラブ、ジョージアという各々の居場所に戻り、頭を悩ませる。暴力と嫌悪が溢れる世界で、ひと握りの親切な人々に何ができるのか。平凡な人間でも他者を助けられるというメッセージが込められた小説。『J・J・J三姉弟の世にも平凡な超能力』というタイトルで亜紀書房より刊行予定。

재인《ジェイン》, 재욱《ジェウク》, 재훈《ジェフン》（리커버《リコボ》）

原題：ジェイン、ジェウク、ジェフン（リカバー）
発行元：은행나무（ウネンナム）
出版日：2021年9月7日
（初版2014年12月24日）
ページ数：172ページ
定価：12,000ウォン
カバーイラスト：Jee ook（jeeeoook）

아직 번역 안 된 작품들

未邦訳作品

『青瓦ガソリンスタンド相撲奇談』

청《チョン》 기《ギ》와《ワ》주《ジュ》유《ユ》소《ソ》
씨름《シルム》 기담《キダム》

発行元：창비（チャンビ）
出版日：2019年6月21日
ページ数：84ページ
定価：10,000ウォン
絵・マンガ：최영훈（チェ・ヨンフン）

挿絵が豊富でマンガのように楽しめる青少年向けシリーズ「小説と初めての出会い」の第13巻をチョン・セランが担当。幼い頃に両親を亡くした主人公は、高校の相撲部で手ごたえを感じて卒業後はプロになるも挫折。結局、町のガソリンスタンドでアルバイトをする日々だ。そんな彼に店長が一つのお願いをする。青瓦ガソリンスタンドがあった場所で、おばけと相撲をとってくれ。そして勝ってほしい。店長の真剣さに押され、この意味不明な申し出を受ける主人公。50年ぶりに行われるというおばけとの勝負の行方は？　一人称で軽快に語られる奇妙な物語。

キーワード
#短編小説
#小説×マンガ

キーワード
#短編小説
#小説家×イラストレーター

『島のアシュリー』

섬《ソ》의《メ》 애《エ》슐《シュル》리《リ》

発行元：미메시스（ミメシス）
出版日：2018年6月1日
ページ数：96ページ
定価：7,800ウォン
イラスト：
Yelol Han（Instagram yelolhan）

島で暮らすアシュリーは、本土からやってくる観光客の前で伝統舞踊を披露して生計を立てている。単調な人生が続くと思っていたある日、小惑星の衝突によって状況が一変。アシュリーは悲劇と希望の象徴、そしてオリエンタリズムの代弁者に仕立て上げられてしまう——。世代を代表する小説家とイラストレーターらが手がける短編小説シリーズ「テイクアウト」の第1作目として刊行された本作。物語を引き立てるイラストにも注目。

キーワード
#散文集
#出版

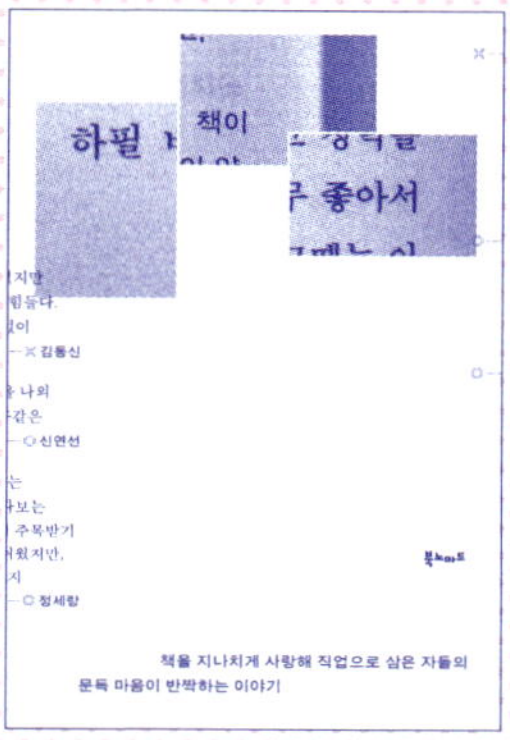

『よりによって本が好きで』

하필《ハピㇽ》 책이《チェギ》 좋아서《チョアソ》

発行元：북노마드（ブックノマド）
出版日：2024年1月11日
ページ数：252ページ
定価：18,000ウォン
カバーデザイン：DONGSHINSA
（dongshinsa）

効率性や速さが重視され、すべてのものが目まぐるしく変化する時代に、“よりによって”最も遅いメディアである本を愛し、職業にしてしまった人たち。作家のチョン・セラン、ブックデザイナーのキム・ドンシン、そして出版や本の領域で横断的に活動するフリーランサーのシン・ヨンソン。原稿料、契約書、企画、マーケティング、ベストセラー、文学賞、一人出版社、ウェブコンテンツなど本を取り巻く幅広いテーマに関する散文集だ。

『ソル・ジャウン、金城に帰る』

설자은,《ソㇽジャウン》 금성으로《クㇺソンウロ》 돌아오다《トラオダ》

発行元：문학동네（ムナクトンネ）
出版日：2023年10月30日
ページ数：296ページ
定価：16,800ウォン
カバーイラスト：
Yeji Yun（seeouterspace）

舞台は7世紀の朝鮮半島。新羅、百済、高句麗の三国が一つになった統一新羅時代だ。驚異的な記憶力と洞察力を持ちながら、女性というだけで能力を発揮する機会に恵まれなかったソル・ミウン。しかしあるとき、兄・ジャウンが急死。ミウンは男装してジャウンを名乗り、兄が行くはずだった留学先へ発つ。成人になった“ジャウン”は故郷・金城へ戻るも、奇妙な事件が次々と起こり……。作者初となる歴史ミステリー、そして初のシリーズ作。

キーワード
#小説
#歴史ミステリー
#シリーズ

キーワード
#エッセイ
#旅行

『地球人ほど地球を愛することはできない』

지구인만큼《チグインマンクㇺ》 지구를《チグルㇽ》 사랑할《サランハㇽ》 순《スン》 없어《オㇷ゚ソ》

発行元：
위즈덤하우스（ウィズダムハウス）
出版日：2021年6月10日
ページ数：400ページ
定価：16,800ウォン
カバーイラスト：KIMI AND 12
※現在はkimi_etc（kimi_etc）として個人で活動

ニューヨーク、アーヘン、大阪、台北、ロンドン……。2012年と2014年に訪れた世界各国の街で見たもの、出会ったもの、考えたことについて綴る、作者初となるエッセイ集。刊行されたのは、奇しくも新型コロナによる世界的なパンデミックによって旅行が止まってしまった時期。自分たちを取り巻く環境が変化したときに、かつての旅行を思い出すことの意味について考えさせられる。旅先での経験が作者の小説に数多く反映されていることも伺える。

結ぶ人

朝井リョウ

最初に思い浮かぶのは、色とりどりの素敵なネクタイです。

私が初めて韓国を訪問したのは、二〇一四年の六月のことでした。韓国、ソウルで開催された国際図書展で講演をすることになり、その相手役をチョン・セランさんが務めてくださったのです。お会いする前に彼女の著書である『アンダー、サンダー、テンダー』を拝読したときは、手前味噌ながら、なぜこの二人での対談がセッティングされたのか、その理由がとても腑に落ちた気がしました。作中の若者たちの描写にはとても親しみを感じましたし、当時のお互いの作品たちは、全体としてどこか似たような背格好をしていたのだと思います。

とはいえ、私はとても緊張していました。作家として海外で行う初めての仕事であり、しかもそれが現地の方々を前にしての講演会だったわけですから、もちろん通訳の方はついてくださいましたが、日本を発ったときから足元が覚束ないような感覚がありました。チョン・セランさんは、そんな私の不安感を先読みしてくれていたのかもしれません。顔合わせのとき、初めましてと同時に、カラフルなネクタイをプレゼントしてくれたのです。私の記憶が正しければ、それは確か当時（今もお好きかもしれません）裁縫にハマっていたというチョン・セランさんの手作りだったはずです。作家として訪れる初めての海外で、一体どれくらいの人が自分に興味を持ってくれているのだろうと不安を募らせていた私は、異国の地で自分を歓迎してくれている人がいるという事実にとても安心しました。そのおかげで、講演会を始めとする韓国での仕事にリラックスして臨むことができました。

二度目にお会いしたのはその翌年、二〇一五年の七月です。国際交流基金ソウル日本文化センターが主催する「日韓若手文化人対話」事業の一環で、早稲田大学にて対談をすることになりました。そのとき私は、昨年自分がしてもらったように、異国の地できっと緊張されているだろうチョン・セランさんをリラックスさせたいと息巻いていたのですが、彼女は最初からとても自然体な様子で、当時の韓国の小説を取り巻く環境について快活にお話してくださいました（この二回の対談の模様はクオン社から出版されている『今、何かを表そうとしている10人の日本と韓国の若手対談』という本にまとめられているので、興味がある方は手に取ってみてください）。

それ以降、直接お会いする機会には恵まれていないのですが、皆さんもご存知の通り、特に二〇一〇年代の後半からチョン・セランさんの作品は日本のみならず世界中で沢山の読者を獲得していきました。中でも『フィフティ・ピープル』を拝読したときは、それまで抱いていたチョン・セランさんへの印象に、これまでにはなかった奥行きが加わった気がしました。

『フィフティ・ピープル』はタイトルの通り、五十人（実際には五十一人が登場）の語り手による五十編からなる短編集です。老若男女、背景の異なる五十人による語りが重層的に展開されることで、韓国という国の全体像が浮かび上がってくる仕組みになっています。そして、本編の後に収録されている解説にて、〝本書には、韓国社会で起きたさまざまな事件や事故などが盛り込まれている〟ことが明かされます。江南駅通り魔殺人事件が浮き彫りにした男性中心社会とミソジニー、修学旅行中の高校生をはじめとする三百四名が犠牲となったセウォル号沈没事件に繋がるトラック等の過積載問題、文芸創作課科が真っ先に標的となった大学構造改革評価の実施……このような現実が随所に盛り込まれているというのは、ただ小説を読んでいるだけでは気付けなかったことでした。『フィフティ・ピープル』は、非常に読みやすい雰囲気とは裏腹に、社会の歪みが生む皺寄せを理不尽に被ってきた人々の声を代弁するという側面がありました。そして、その中で結ばれる、本人たちも預かり知らない時空で発生している心の重なり合いが、同時代を生きる我々に力をくれるということも雄弁に語ってくれていました。

　そして『絶縁』を拝読したときには、その結び目が国境を超えていく様子を目の当たりにした気がしました。

『絶縁』は、チョン・セランさんの呼びかけによってアジア九都市九名の作家が集った作品集です（日本からは村田沙耶香さんが参加しています）。全員が、チョン・セランさんが設定したテーマ〝絶縁〟をモチーフに小説を書いています。

　私はこの本で初めて、チベット族出身の作家の小説を読みました。作中で何度も登場する〝雪蓮花〟がどういう意味を持つのかを初めて知りました。昨今のタイの民主化運動において若者たちが為政者の御真影を燃やすことで自らの意思を示していること、シンガポールにおけるマレー人が引き受けているステレオタイプ、香港警察が抗議活動参加者を隠語で「ゴキブリ」と呼んでいること――この本を通して初めて知ることは本当に多く、同時に、状況や背景は違っても、心情が重なる部分が沢山あることも痛感しました。

　この本を読みながら、国境を超えて生まれていく数多の結び目を感じながら、私はあるものを思い出していました。

　チョン・セランさんが初めてお会いしたときにプレゼントしてくれた、色とりどりの生地のネクタイです。

　彼女はきっと、結ぶ人なのです。

　自らの文章で、絶縁と連帯が混ざり合うこの世界に、結び目を作り続けている人。

　だからこそ今、世界中で、彼女の作品が、そして彼女自身が愛されているのだと思います。

朝井リョウ（あさい　りょう）

小説家。2009年、『桐島、部活やめるってよ』で第22回小説すばる新人賞を受賞しデビュー。2013年、『何者』で第148回直木賞、2014年、『世界地図の下書き』で第29回坪田譲治文学賞、2021年、『正欲』で第34回柴田錬三郎賞を受賞。著書に『スター』、『生殖記』など。

チョン・セランとともに越えていく

ソ・ヒョイン
廣岡孝弥 訳

作家チョン・セランとの縁は二〇〇七年まで遡る。私が駆け出しの詩人で、作家になる前の彼女が編集者として勤めていた出版社の季刊誌に初めて詩を発表する機会を得たときのことだ。常にそうあるべきなのだが、あの頃は詩を一篇発表するたびに今よりも緊張し、胸を躍らせていたように思う。詩を添付したメールを送って間もなく出版社から電話があり、それが文学チームで一番年下の編集者チョン・セランだった。「先生、この部分を確認していただきたいんです。림《リム》で正しいでしょうか、ひょっとして링《リング》ではないかと」。バスケットボールを題材にした詩で、ゴールのことを私が何気なく「림《リム》」と書いた部分についてはっきりさせておこうという編集者の細やかな業務連絡だった。私もあまり確信がなく、携帯電話を肩で押さえたまま二人は一緒にインターネットで検索した。リングと書いても特に問題はなさそうだが、結論としてはリムが正しかった。バスケットボールのゴールのことは、丸い縁を意味する「rim」と書く。同じく丸い輪を意味する「ring」ではなく。私は、ともすれば些細な問題かもしれない単語一つについて確認してくれた編集者をありがたく思った。リングとリムの他に、送稿した二篇の詩について書き添えてくれたあたたかい言葉にも感動せずにはいられなかった。私は故郷の光州《クァンジュ》で、向こうはオフィスのあるソウルで、バスケットコートを越えて巧みなパスの応酬を見せたのだ。もちろん、当時はその立派な編集者がのちに大作家になるとは想像もつかなかった。仕事ぶりを知っていたなら想像できないほうがあり得ないのだろうが、嘘のようなことはその数年後、実際に起きる。

二〇一五年、私は数度の転職を経て彼女が勤めていた出版社の編集者となり、長編小説『保健室のアン・ウニョン先生』（斎藤真理子訳、亜紀書房）の責任編集を任された。編集者の業務というものは、校正紙の文字越しに作家に心を届けなければならない仕事だと思う。まずそこで通じ合わないことには、読者が当然持っている消費者としての境界を越えられないだろう。そのために、編集者チョン・セランはあの日、新人の詩人が文芸誌に発表する新作にも注意と真心を傾けたのだ。しかし、私はあれほどまでに最善を尽くし、与えられた仕事を立派にやり遂げられるだろうか？　心配と不安を胸に原稿を読んだ。幸いにも、アン・ウニョンの孤独で突拍子もなくユーモラスな立ち回りは、編集者の余計な悩みをたちどころに鎮めてくれた。編集者としての少なからぬ経歴を持つ作家の繊細な仕事ぶりも、新米編集者だった私の大きな助けとなった。そうやって本が世に出た。当時の韓国文学ではあまり例のない試みだったオムニバス形式の構成、高校の保健の先生が悪霊を捕まえる特異なストーリーは、口コミでじわじわと広がりながら読者に愛された。それから映像化のライセンス契約が決まり、ほどなくしてNetflixオリジナルとして製作されるに至る。その出版社はもう退社して小さな出版社を構えたが、あのときの経験は今もなお私の確かな財産だ。出版の仕事はいつも難しくてはらはらするが、その度にレインボーカラーの剣を手にしたアン・ウニョンが紙を跳び越え、私を護ってくれるような気がする。本当にそうなのだ。

チョン・セランは、「こえる」というテーマにぴったりの作家だ。編集者から作家となった越境の経験があるから、編集者との苦悩と協力の大切さを誰よりもよくわかっている。大衆文学と純文学の境界を、面白さを武器にして事もなげに跳び越える。大衆文学の雑誌である『FANTASTIQUE』でデビューして『地球でハナだけ』（すんみ訳、亜紀書房）や『ジェイン、ジェウク、ジェフン』（未邦訳）といったファンタジー系の本を出し、『声をあげます』（斎藤真理子訳、亜紀書房）でSF文学を披露したかと思えば『フィフティ・ピープル』（斎藤真理子訳、亜紀書房）と『シソンから、』（斎藤真理子訳、亜紀書房）で私たちの暮らしに密接した作品を書いたりもする。それらの作品は、形式も文法も超越した「チョン・セラン・ワールド」で交わる。そして何より、読者の心の壁を越えて届くのだ。チョン・セランは二〇二三年現在、韓国の文学の読者に最も愛される作家であり、日本でも高い関心を集めている。『保健室のアン・ウニョン先生』をはじめ、既にいくつもの作品が翻訳されて日本の書店に並んでいるので、チョン・セランの「越境性」を日本の読者にもそのまま堪能してもらえたらと思う。新たに作って営んでいる「アノンブックス」という出版社からは、二〇二二年にチョン・セラン掌編小説集『アラの小説』（未邦訳）を出した。チョン・セランの世界観を克明に見せつける、短い小説が集まっている。私は色んな面においてチョン・セランのことが好きだが、その中の一つは詩を好むところだ。編集者時代に何十冊もの詩集を手がけた作家が身につけた、詩の愛好家としての見事なプライドがあるのだ。『アラの小説』には、そんなチョン・セランの詩が二篇収められている。日本語版がまだ翻訳作業中なのは知っているが、はたしてどんな風に翻訳されるのかにも興味が湧く。いや、何よりもチョン・セランの次なる「越境」に興味を引かれる。チョン・セランが作り出す柔らかな波に「シソン《視線》」を向けたい。そうすれば、ともに越えていけそうな気がする。その可能性があって本当によかった。チョン・セランがいて、本当によかった。

（「ちぇっくCHECK」VOLUME10より）

評論

ニットとペットボトル

——チョン・セランの作品について

都甲幸治

チョン・セラン『アンダー、サンダー、テンダー』との出会いは僕にとって事件だった。もちろんパク・ミンギュの『カステラ』や『亡き王女のためのパヴァーヌ』を読み、高橋源一郎や村上春樹の始めた日本のポストモダン文学が韓国で独自の進化を遂げていることは知っていたし、ハン・ガンの『菜食主義者』や『ギリシャ語の時間』を見れば、ヨーロッパやアメリカの人々が思う世界水準の文学の書き手が韓国にもちゃんといることがよくわかる。彼女がブッカー国際賞を獲得したことも至極当然だと思う。

でもチョン・セランはそのどちらとも違う。パク・ミンギュのポップな楽しさと奇妙な悲しみでもなく、ハン・ガンの切れ味鋭い詩的な作品でもない。言ってみれば、若者たちの日常を描きながら、もう一つの日本現代文学として、しかも日本とは絶妙な距離感を持って立ち現れてくる小説だ。言い換えれば、日本の人々がなかったことにしようとしていることを集めて書かれた作品、とでも言えばいいのか。

具体的にはそれは、今も残る植民地主義の遺産かもしれない。被害者の中に残り続ける暴力の記憶かもしれない。第二次大戦の前に朝鮮半島の人々に与え、そのあとも様々な形で続いた文化的交流かもしれない。日本が朝鮮半島を支配していたのなんてもう昔のことじゃないか、いいかげん忘れようよ。いつまでも加害者を恨んでいるのはおかしい。韓国の人々が日本のポップカルチャーを楽しんできたかどうかなんてあまり関心がないな。

つまり現代日本とは、歴史の忘却と、韓国という隣人がどう日本について愛憎を抱いてきたかということから目をそらすことでできていて、だからこそ、『アンダー、サンダー、テンダー』のような、現代日本がないことにしていることを集めた作品を読むと、まるで自分の盲点を延々見せられているような、思考の限界点の向こう側から話しかけられているような、不快であり同時に快感でもある体験をすることになる。そして読後、同じ自分ではいられなくなる。

『アンダー、サンダー、テンダー』はこんな話だ。舞台は坡州《パジュ》市で、北朝鮮との国境に近いこの町は、ソウルのベッドタウンとして機能できるくらい首都に近いのに、政治的な理由で開発から取り残されてきた。だからいまだ巨大な昆虫がうろつき、蛇のようなミミズがのたくっている。この田舎町の女子高生である語り手が主人公だ。

　地元の友達に囲まれた平穏な日々に、急な変化が訪れる。人目を惹く、安藤忠雄風のコンクリート打ちっぱなしの家にジュワンとジュヨンの兄妹がインドから引っ越してくる。インターナショナルスクール育ちの二人は主人公に、いい意味での違和感を与えてくれる。兄のジュワンは引きこもりで、彼の部屋にはホームシアターがあり、アメリカや中国、日本など大量の映画作品が並べられている。彼はそれを一日眺めて暮らしているのだ。そして妹のジュヨンと主人公は友達になる。

　ジュヨンとジュワンの家に訪れ、映画や画集を見せてもらっているうちに、主人公は恋に落ちる。けれどもなかなか関係は深まらない。話をしても、一緒に出かけても、あるいは浴槽でセックスをしても、決定的なところでジュワンは主人公を受け入れない。なぜか。インド時代、行方不明になった韓国人旅行者の遺体を見つけてしまったジュワンはショックで精神を病んでいる。学校にも行けないし、自由に交通機関も使えない。こんな自分とかかわっても主人公が不幸になるだけだ。こうして二人のすれ違いは続く。

　やがて二人を悲劇が襲う。韓国軍の兵士が脱走し、持っていた銃を雪かきの道具が保管されている箱に隠して逃げる。小学生のスホがその銃を見つけると、野良犬を撃ち殺して遊ぶ。散歩中、そこをたまたま通りがかったジュワンはスホに首と肩の間を銃撃されて死ぬ。彼の死を受け止めきれない主人公は心を病み、彼の面影がある男性を見つけては不毛な恋愛を続ける。けれどももちろん、ジュワンは戻ってこない。やがて高校時代の仲間も居場所を見つけ、韓国国内や外国へと散らばってバラバラになる。

　さて、すべての起源に祖父がいる。東京に留学経験があり戦前はずば抜けたエリートだった祖父は、朝鮮戦争のとき一人で三八度線を越えてきた。そしてエリートとは程遠い、ビビン麺屋を営む祖母と結婚した。存在感の薄い祖父は日本語の小さな本を読んでいた。ソウル郊外で育ち、編集者として働いたという著者の経験をもとにしたこの作品中の祖父に、僕は彼女自身の祖父の響きを感じた。

「私たちが石膏人形に生まれたとしても」という題名のエッセイでチョン・セランは祖父についてこう語っている。セラン自身そんなことを思っていないうちから、祖父は孫娘が小説家になると確信していた。そして文学修業として、ヘンリック・イプセンと芥川龍之介を読むことを薦めてくれた。祖父のおかげで、自分は伝統的な価値より現代的な価値を重視する人間として育ったのだ、と。

　日本の新劇が多大な影響を受けたイプセンと、英文学を学び様々な古典を下敷きにしたモダンな作品を書き続けるも若くして自死した芥川が、日本統治時代に教育を受け、戦後も日本の文庫本を読み続けていた祖父を通じてチョン・セランの文学の基礎を作り上げる。こうした時代と国境を越えた文学の繋がりを考えると、僕はほとんどめまいすら感じてしまう。しかも韓国の人々にとっては、こんな絆など、ごく当たり前のものでしかないのだろう。

作品中で生活力の強い、たくましい祖母に対して、文学愛好家である祖父はひたすら弱い。そしてチョン・セランはどうやら、こうした繊細で弱い男性を選びたいと考えているようだ。何に対抗して、かと言えばもちろん、どんな残酷な場面にも動揺することなく国を守ることができ、必要ならば激しい暴力をふるうことも厭わない軍人を理想とする、マッチョな男性像である。

どうしてこうしたマッチョな男性対繊細な男性という対立が登場するのかと言えば、もちろん韓国がいまだ戦時下にあるからだ。だからこそ、韓国社会は暴力によって国を守る、という男性像を否定することができない。しかしながら、そもそもなぜ韓国が戦時下にあるかと言えば、日本による植民地支配の終わりに朝鮮半島が共産圏と資本主義圏に分断されたからである。言い換えれば、日本の植民地主義は朝鮮半島においてはまだ終わってはいない。この事実は、日本人が抱く、七十年以上昔のことなどもう水に流してほしい、という希望とは全く関係がない。今そこにある危機を忘れることができる者など誰もいないのは当然である。

弱く存在感のないまま亡くなった作品中の祖父は、ジュワンとして主人公のところへと戻ってくる。まだ十代の主人公にとって、彼はたまらなく魅力的だ。男っぽい荒々しさもマッチョな力の誇示もない。体は細く足の指が長く、ニットをスッときれいに身にまとっている。「胸もお腹も出ていないから目の細かいニットがすっと垂れるのが、とても素敵だった」。彼はいつまでも男にはならない。男性と女性に分かれる前の、少年の美しさを保ったまま青年になっている。

祖父が読んでいるのは日本の文庫本だったが、ジュワンが身に着けている教養は音楽であり、映画であり、美術だ。彼の家で初めてポール・マッカートニーの写真集を眺める。ウォン・カーウァイの映画を何本も観る。言い換えれば、ジュワンの部屋には韓国以外の世界の文化的富が詰まっている。「ジュワンがゆっくりと身につけた映画や文化に対する知識や価値観の体系を、私はギターをあわてて習うパンクミュージシャンのように、一度に受け入れていた」。愛しているから、主人公は彼が示してくれる文化を慌てて身に着けようとする。そして彼に相応しい人間になろうとするのだ。

それまで主人公が持っていた文化的な資産はどのようなものだったのか。もちろん、家に転がっている日本語の本を読むことはできない。代わりに出てくるのは、小学生のときに使っていたドラえもんの弁当箱だ。こうした細部を見ると、僕はクラクラしてしまう。小学校のときに持っているぐらいだから、ドラえもんグッズは背伸びの対象ではない。けれども当然ながら韓国のものではないわけで、まるで日本におけるスヌーピーぐらい、韓国の生活の中に、ということは人々の無意識にまで日本文化が入り込んでいることを感じる。そしてまた、韓国の人にはこれほどに当たり前のことさえ自分は知らなかった、ということに気づく。

ジュワンの魅力はそれだけではない。少年っぽい部分も主人公の目を引く。たとえばペットボトルの持ち方だ。中指と薬指の間に、ペットボトルの首を無造作に挟んで持つ。「あんなにゆるりとかっこよくペットボトルを持つことができるのか」。こうしたふとした瞬間に、決して押しつけがましくない男っぽさが匂い立つ。あるいはスニーカーだ。主人公が買ってあげた、そこまで高価なわけでもないスニーカーを喜んだ彼は家の中でも履いて回る。「その日の夕方はずっと室内で履いて歩いていた。ソファやベッドの上にスニーカーを履いたまま上がっている姿が、外国人みたいだった」。こうした、小学生っぽさと外国っぽさが絶妙に混じった振る舞いがたまらなく魅力的だ。

だがそんなジュワンをマッチョな韓国社会は放っておいてはくれない。インドに住んでいるとき、韓国からの旅行者が行方不明になる。まだ子供だったジュワンは捜索に加わるように言われる。そうして運悪く、ジュワンは首を切られた被害者の頭部を発見してしまう。こうした激しい暴力の光景に彼は心を病み、学校に行ったり、車に乗ったりできなくなる。なぜ父親はジュワンにこんなことを強いたのか。それは彼を強い男にするためだ。

妹のジュヨンは言う。「お兄ちゃんをわざと怖ろしい事件に向き合わせたの。そういう意味では男も差別されていると思う。鋼鉄のように、叩けば強くなる、男らしい男になると考えてる。でも、鉄の男とセラミックの男は、違うんだから。叩けば壊れる男も、いくらでもいるんじゃない？」。そして繊細なジュワンの心は既に、取り返しがつかないほど壊れてしまった。

生きていくことそのものが困難なジュワンを決定的な悲劇が襲う。なにしろ彼はまだ小学生のスホに銃で射殺されるのだから。そもそもどうしてスホは野良犬を殺して遊んでいたのかと言えば、家庭内の大人によって凄まじい暴力に晒されて育ち、心が壊れてしまっていたからだ。そしてなぜ大人が子供に暴力を振るっていたかと言えば、男らしさが強さと同一視される韓国文化において、社会的に成功できない男たちの中には、弱者に暴力を振るって自分の力を確認しようとする人々が出てきてしまうからだ。

さらに、なぜスホが銃を入手できたかと言えば、そもそも南北の分断という戦争状態があり、しかも韓国軍の中で兵士への暴力が横行し、それに耐えられず脱走する者もいる、ということだろう。作品中、行き場を失った脱走兵は結局、首を吊って自殺する。そして南北分断の歴史的根源には、日本による植民地支配がある。さらにまた、それに続く朝鮮戦争の、全土を焼け野原にし、多くの家族の絆を引き裂いた悲劇がある。

すなわち、繊細過ぎるジュワンは部屋に閉じこもり、自分の気に入った芸術作品だけに囲まれてなんとか安心できる空間を作ろうとしていた。だがいったん外に出れば、様々な形の暴力が彼に迫ってこざるを得ない。彼の死後、ジュヨンはこう語る。「お兄ちゃんは、このすべてのことを、結局は耐えられなかったと思う。別の言い方をすれば、このすべてのことがお兄ちゃんを耐えられなかったというか……。どのみち死んだと思う。持ちこたえるのがつらいほど鋭敏で、ぼろぼろになっていた。お兄ちゃんは、既にそうなってたのよ」。どうして男性で、なおかつ繊細であることは韓国では罪なのか。どうして生き続けることができないのか。ジュヨンのこの言葉は、兄を失った悲しみを乗り越えるための自分への言い訳、というだけではない。ここには、過剰なマッチョ主義は人を殺す、という鋭い洞察がある。

主人公は美術担当として映画業界に進むが、恋愛も仕事もなかなかうまくはいかない。少しでもジュワンの面影がある人と付き合っては別れる、ということを繰り返し、どんどん傷ついていく。ようやく落ち着いた関係にたどり着いたのは、ジュワンとは共通点が全くない、極端に鈍感な男性とだった。彼といても自分の感情を揺り動かされることはない。そしてまた、通じ合っているという感覚もない。心の深いところで感覚的に通じ合える相手を強く求めているのに、結局のところ主人公は愛する人と気持ちを分かち合うことを完全にあきらめてしまう。確かに楽かもしれない。けれどもそれは同時に心の死でしかない。

まとめよう。『アンダー、サンダー、テンダー』でチョン・セランは、韓国社会に巣くうマッチョ主義によってどんなふうに男性も女性も損なわれるのかを粘り強く思考している。では人々は負けていくだけなのか。実はほんの小さな、でも本人たちにとっては大きな勝利も作品には書き込まれている。たとえば、登場人物の一人からスホの姉にこんな言葉が贈られる。「家族だからといって、必ずしも愛する必要はないさ。まったく愛さなくていい」。ならば暴力に満ちた家族から逃げ出して、僕たちは他人と新たな共同体を作ったっていいことになる。

そして確かに、主人公も高校時代の友人たちも故郷を出る。あるいは外国にまで渡る。確かに見知らぬ土地にいることは寂しい。いざ何かがあれば、周囲の人々に守ってもらえないかもしれない、という恐怖を常に感じる。けれどもその寂しさと一緒に、自分らしく生きられる自由が手に入る。自分を形作る友人も歴史も文化も全部捨てなくちゃいけないかもしれない。それでも自分自身であることは貴重だ。こうした設定には、韓国社会に対する絶望と、その絶望をただ受け入れるわけにはいかない、という強い個人の意思を感じ取れる。彼女、そして彼らの姿には、日本でこの作品を読んでいる僕さえ勇気づけられる。

　他にも、本書ではふとした瞬間に現れるキラキラした描写が光っている。僕が好きなのはこうした表現だ。女子高生たちはピアスの穴がふさがらないように気を付ける。「女の子たちは主に透明なアクリルの拡張器を入れたのだが、ふと振り返ればその穴から空が見えた」。耳の穴が小さいほど、坡州の空が大きく感じられる。あるいはこんな一節はどうだろう。人間について主人公は語る。「大切なものは絶えず失われ、愛した人たちが次々と死んでいなくなってしまうのに、それを耐えられるように設計されてない」。人間は、そして人間の心身は思うより脆い。その脆さから目を背けることで僕らはかろうじて日常生活を送っている。けれども遅かれ早かれ、そのことを直視せざるを得ないときがくる。

　人間が人間らしく生きることがなぜこんなに難しいのか。マッチョ主義によって死に追い込まれる繊細な男性を描くことで、チョン・セランはフェミニズムを、人間解放への探求として大きく深めている。しかも彼女のスタイリッシュで、それなのに時に感傷的な文章は読者の心の柔らかいところに直接寄り添ってくる。まだ若い作家である彼女が、それまでの生涯に感じた様々な気付きをこれでもかと詰め込んだ本書は、日本の読者をも強く揺さぶるだろう。

　続いて読んだ『フィフティ・ピープル』もかなり優れた作品だった。形式は少し実験的で、救急病院を巡る五十人（本当は五十一人）の人々がそれぞれ短編の主人公になり、同じ時間を共有しつつ様々な事件を多くの角度から切り抜けていく、という構成になっている。なぜこんな形式をチョン・セランは選んだのか。答えは後書きに書いてある。通常の小説には主人公がいる。そして主人公の意識のみが特権化され、他の登場人物は弱い存在でしかない。しかしそういった人々もやっぱりものを感じ考えているのではないか。ならば全員に寄り添った作品を書いてみよう。

　という究極の平等主義に基づいた構成になっているのだが、もちろん、それを正確に反映してしまうと、極端に難解な作品になる。だが実験、というだけでは価値を認められない現代において、フランスのヌーヴォー・ロマンみたいな小説を作家が書くわけがない。実際に読んでみればわかるが、この作品には二つの軸がある。別れた相手に首を切られ、病院に運ばれてきたときにはこと切れていた若い女性の話。それから、弟の極端な家庭内暴力と、それを黙認する両親に耐えかね、なんとか実家から逃げ出す女性の話だ。

　すなわち、『アンダー、サンダー、テンダー』で男性の立場から考察された韓国のマッチョ主義は、本作では女性側から見られている。しかも少しだけコメディタッチで描かれているのだ。そのことはチョン・セランの考察の浅さを現さない。むしろ軽く書かなければ読者が最後まで読み進められないほど状況が深刻であることを示している。

いきなり押しかけてきた男が、台所のカビだらけの包丁立てにあったパン切りナイフを手に取り、娘のスンヒの喉を切り裂く。引っ越してきたときにはそこにあって、片付けるのを先延ばしにしてきたナイフだ。あまりの事態に状況が呑み込めず、母親のヤンソンはこう言う。「あのナイフ。捨てておけばよかった。さっさと捨てなきゃいけなかったんだ」。重要なのはもちろんそこではない。たとえナイフをきちんと処分していても、男は他の凶器で娘に襲い掛かったことだろう。しかしあまりの事態にちゃんと考えられなくなった母は、少しだけピンボケの感想を口にしてしまう。だがその一言は誰にも聞いてもらえない。

あるいは、弟の暴力に晒され続けたハニョンだ。父親は多額の賄賂をベランダのゴルフバッグに隠している公務員で、母親はそれを咎め立てもしない。小さいころから弟の暴力を両親は叱らず、だからハニョンは弟から毎日激しく暴行を受け続ける。「弟に髪の毛を一つかみ、誇張ではなくほんとに一つかみ髪の毛を抜かれて両親の方を振り向いたとき、二人ともただ面倒くさそうな表情をしていた。髪の毛だけですんだのがラッキーで、頭皮がはがれなかったのが不思議なくらいだったのに。この家は正常じゃない。母さんも父さんも正常じゃない。私はここから逃げなくてはならない」。

ようやく逃げ出したハニョンは友人と同居する。そして弟は人格障害の診断を受け、暴れては保安要員の男性たちに制圧され続ける。父親は収賄がバレてようやく逮捕される。つまり、一家はバラバラになってしまうが、ハニョンには助けてくれる女性たちとの繋がりがある。同居しているジジはハニョンについてこう思う。「野蛮から文明へと脱出してきた人だけが持っている、基本的人権への強烈な指向性みたいなもの」が彼女にある、と。そしてこうした指向を、苦しむ韓国の男女すべてが共有しているのだろう。

これら二作の他にも、長編『保健室のアン・ウニョン先生』や短編集『屋上で会いましょう』など、チャーミングで時に鋭い批判を湛えた作品がチョン・セランには複数ある。これらの作品に共通するのは、しっかりとした人間観察に基づいて自分の頭で考え、それを強い言葉に圧縮して読者の心にきちんと届かせる、という彼女の作家としての力だろう。暮らしの中で練り上げられた思想の強さ、とでも言おうか。僕は彼女の作品から生きる力を与えられた。韓国に興味がある人にもそうでない人にも、日本のすべての読者にチョン・セラン作品を薦めたい。

（「すばる」二〇二〇年十二月号）

私の好きなチョン・セラン

読者から見たチョン・セランと作品の魅力とは？
「K-BOOKフェスティバル」が実施した
アンケートにお寄せいただいた
熱いメッセージの中から、一部をご紹介します。

編集協力：Sachie

WE♡ チョン・セラン

柔らかくて強い。まぶしくはないけれど明るくてホッとする。チョン・セランさんの作品を読んでいるときに私が感じていることです。これからもチョン・セランさんが連れていってくださる世界を、ワクワクする気持ちでお待ちしたいと思っています。（ume）

もしやチョン・セランさんは大昔に薬草や医療技術で小さな子どもや女性たちを助け、守っていた魔女たちの末裔ですか……？ そう感じるくらい、作品を読んでいると心が癒やされます。（みるく）

どこにでもいそうな人々への温かい視線と筆致の中にも、確固たるテーマや伝えたいことを感じるチョン・セランさんの作品が大・大・大好きです！（さんぺー）

「もう社会も人も信じられない！ 世の中最悪だ！」と思ったときにチョン・セランさんの本を開くことがあります。本の中の登場人物を見ていると、ちゃんと親切心や誠実さがあって「私はまだ人を信じられるかもしれない……」と気持ちが変わります。チョン・セランさんの本が日本でもたくさんの人に読まれているという事実にもとても励まされます。（T.F）

WE♡『フィフティ・ピープル』

書店のお客様にも薦めまくっている一冊。よくある連作短編集とは異なり、「ここにいるのは自分かもしれない、すれ違ったあの人かもしれない」と思わせるような、誰かの人生のほんのひとときを絶妙に凝縮した濃密さが素晴らしいです。（葉々社）

社会問題を取り上げながらも淡々と進んでいき、かえって心に染み渡る。実際の社会の縮図を見ているかのようでした。（うっちー）

「世の中にいる一人ひとり、それぞれが自分の人生の主人公である」というメッセージに共感しました。この本に出会えたことをとても幸せに感じています。（junkosans）

時々読み返しては「この人はいま元気にしているだろうか、二人はうまくいったのかな」と想像する時間がとても好きです。悲しいエピソードもたくさん出てきますが、明日も頑張ろうと言えるし、言っていいんだと思わせてくれる作品に出会えたことは本当にラッキーだったと思います。（SHIZUKO）

WE♡『保健室のアン・ウニョン先生』

本当はやりたくなくて全部やめたくても、結局泣きながら、文句を言いながら一生懸命頑張るアン・ウニョンの姿に何度も救われました。私たちの話みたいで、アン・ウニョンがいてくれて本当によかった。（aoi）

SFの突飛さと共に自由で強い女性像もあり、なんて柔軟なんだと感動しました。（hanavo）

自分よりも生徒たちを守ろうとするアン・ウニョン先生と大人たちが魅力的です。（こばこ）

大変な境遇にいる子どもたちへ本を寄付できる取り組みに参加した際に、今を生きる子どもたちの力になってくれる作品だと強く感じた『保健室のアン・ウニョン先生』を寄付しました。さまざまなものに立ち向かうアン先生のキャラクターが格好良くて大好きで、本書の読書体験が私自身の生活でも大いに力になってくれています。（だんだん）

WE♡『地球でハナだけ』

チョン・セランさんが書くSF作品が好きなのですが、その中でも特にロマンチックで大好きです。（あひる）

ミラクルラブリーキュートな作品に心が躍り、ドキドキを通り越してズキズキしました。なぜかわからないけれど読み終わると泣いていて、こんなに心が乱高下するのは初めてだったので、どう消化すればいいのか分からない気分を味わいました。本当に衝撃を受けた作品です。（Rinarnation）

『シソンから、』WE♡『屋上で会いましょう』

「いるなあ、こういう人」と、心当たりのある多くの人に出会える作品です。（たま）

今も時々手に取りたくなる本で、場面ごとに空気の匂いが感じられます。中でも「ハッピー・クッキー・イヤー」が特にお気に入りです。（しゅーてぃー）

翻訳者から見たチョン・セラン

吉川凪（よしかわ　なぎ）
仁荷大学国文科大学院で韓国近代文学専攻。文学博士。著書に『朝鮮最初のモダニスト鄭芝溶』、『京城のダダ、東京のダダ——高漢容と仲間たち』、訳書としてチョン・セラン『アンダー・サンダー・テンダー』、崔仁勲『広場』、李清俊『うわさの壁』、朴景利『完全版　土地』などがある。金英夏『殺人者の記憶法』で第四回日本翻訳大賞受賞。

腹芸

古く殺風景な、薄暗い建物だった気がする。どちらが仁川《インチョン》市立図書館のロビーを指定したのかは覚えていないが、たぶんチョン・セランだったのだろう。私はそれまでに仁川市やその近郊に数年間住んだことがあったけれど、たいていは大学図書館を利用し、それで間に合わない調べ物があれば汝矣島《ヨイド》の国会図書館に行ったから市立図書館は利用したことがなかった。その時、何しに韓国に行ったかも覚えていない。他の用事があったのか、遊びに行ったのか、とにかく行ったついでに作家に会って、翻訳中の『アンダー、サンダー、テンダー』（原題は『이만큼 가까이〈これほど近くに〉』）の疑問点を質問しようと思い、あらかじめe-mailで時間と場所の約束をしていた。十年ほど前のことである。

　当時、チョン・セランは仁川に住んでいた。人気作家となった現在は、ソウルの立派なマンションに住んでいる……かどうかは知らない。とにかく仁川にいたから、本を読んだりノートPCを持ち込んで小説を書いたりするために市立図書館に出入りしていたのだろう。その頃はまだ新人作家で、作品が外国で翻訳出版されるのも初めて……だったかどうかは知らないが、翻訳者に会うのも少々緊張していたような気がする。印象的だったのは、その時カステラをくれたことだ。韓国のパン屋ではよくカステラを製造販売しているからカステラを手土産にするのは不思議ではないとはいえ、韓国在住でもない、日本から来た人にカステラ？　チョン・セランはカステラが日本のお菓子だとは知らなかったのだろう。その時、私は韓国人の友人の家に泊まっていたから、カステラはその友人にあげた。先日会った時に何げなくその話をすると、え、あれ、チョン・セランだったの！と嬉しそうな顔をした。「若い作家に会いに行くと言っていたのは覚えてるけど……」。友人は、人気作家がくれたカステラを食べたことをどこかで自慢しているかもしれない。

『アンダー、サンダー、テンダー』はゲームの名前や楽曲や映画のタイトルなどが山ほど出てきて、その調査にかなりの時間を費やした。作中ではある凄惨な事件が起こって主人公がトラウマを追うのだが、その回復の過程にもそこはかとないユーモアを漂わせられるのが、この作家の特徴であり強みなのだろうと思った。クオンの〈新しい韓国の文学シリーズ〉第十三弾として二〇一五年に出版されたこの作品を選んだのはもちろん金承福社長で、「絶対、重要な作家になる人だ」と言っていた。そしてそのとおりになった。

　今回訳出したファンタジー「もつれたものをほどいたら」に関して言えば「선크림을 바르지 않는 다리가 용케도 해를 이기고 있었다」という文章がわからなかった。直訳すると「日焼け止めを塗らない脚がけなげに太陽に勝っていた」とでもなる文章を「UVケアをしない脚は日光に当たって健康的に焼けていた」としたのは、文意を作家にe-mailで問い合わせた結果の意訳である。太陽に勝っていたというのは、直射日光を浴びても皮膚が赤くなったり皮が剥けたりというトラブルを起こさずきれいに日焼けしていることを表現したもので、主人公が縁側で日光に当たっているのではないそうだ。この一文を除けば、全体として特に難しい作品ではない。

　しかし、アジアの作家九人が同じ〈絶縁〉をテーマに書いた短篇を集めたアンソロジー『絶縁』（小学館、二〇二二）に収められたチョン・セランの同名の短篇を最初に読んだ時には、登場人物のセリフなどに解釈の難しい部分が少なからずあった。この作品ではテレビ業界で働く主人公佳恩《カウン》が、現代社会に蔓延するさまざまな問題（デートDV、インターネットでの誹謗中傷、性暴力や学校暴力……）に直面あるいは見聞きする。特に、大学の先輩に当たる潤燦《ユンチャン》という男が何人もの若い女性放送作家に手を出したことに憤りながらも、その事実をどう受けとめるべきかわからずに悩む。

　センシティブな話題だから登場人物たちは自然とストレートな言い方を避けるのだろうが、たとえば、やはり佳恩の先輩である善貞《ソンジョン》が佳恩に向かって言った〝너는 가혹해。나는……피해의 영역을 확대할 때、우리가 힘겹게 증명해냈던 주체성을 대가로 내려놓는 게 마음에 들지 않았던 거야（あんたは過酷ね。あたしは……被害の範囲を広げる時、私たちが苦労して証明した主体性を代価として手放すことが気に入らなかったんだ）〟という台詞など、まるで腹芸で、ひと工夫しないと日本の読者に意味が伝わらないのではないか。それで、「あんたって厳しい人ね。あたしは……潤燦のやったことまで性暴力に含めてしまったら、女性たちがようやく確立させた主体性を否定することになると思った」と訳した。

　しかし、登場人物のこうした婉曲な言い回しは、おそらく影響力のある作家としての社会的責任を自覚し覚悟を決めたチョン・セランが、必ずしも安全ではないかもしれない領域に、思い切って足を踏み入れた結果の産物なのだ。翻訳者の負担が増すにしても、同時代の問題に直接斬り込む勇気は歓迎したい。

『J・J・J三姉弟の世にも平凡な超能力』（原題：재인、재욱、재훈）を訳しながら

ジェイン、ジェウク、ジェフンという名前のJ三姉弟が、世界のさまざまな場所で超能力を使って人を助ける冒険物語を翻訳しながら、チョン・セランさんと韓国の坡州《パジュ》出版都市を冒険した日を懐かしく思い出しました。

友人がご本人公認のbotを作ってしまうほどの熱烈なセランさんファンで、わたしも便乗させてもらった夢のような一日。セランさんのガイドで見所を巡り、出版社の文学トンネの社屋を屋上から一階まで見学しながら、いつもお世話になっている社長をはじめ、社員の皆さんにご挨拶。最後はアートミュージアムで作品を鑑賞するという、盛り沢山の充実した時間を過ごしました。

そのときに聞いた編集者時代のエピソードの数々も最高に面白くて、いつかセランさんのエッセイ集も日本語で読めるようになったらいいのにと思ったのですが、日本の出版社の皆さん、いかがでしょうか？

最後に、今だから書けるあの日の記憶。おそらく楽しすぎたのでしょう。「いつかセランさんの本も翻訳したいけど、きっと自分には回ってこないだろうな……」と帰り際にちょっと寂しくなってしまい（祭りのあと状態ですよね）、なぜか本を爆買いすることで気を紛らせようとしたら、案の定というか、重くて手がちぎれそうに……。

あれから五年。少し時間はかかりましたが、今回ご縁をいただいて、セランさんご本人のような「さりげない思いやり」のたくさん詰まった、とても素敵な作品の翻訳を担当することができました。あのときの写真は、今でも大切な宝物の一つです。

古川綾子（ふるかわ　あやこ）

神田外語大学韓国語学科卒業。延世大学教育大学院韓国語教育科修了。神田外語大学講師。NHKラジオステップアップハングル講座2021年7-9月期『K文学の散歩道』講師を務める。
主な訳書にハン・ガン『そっと 静かに』（クオン）、キム・エラン『外は夏』、キム・ヘジン『娘について』、チェ・ウニョン『わたしに無害なひと』（いずれも亜紀書房）、チョ・ナムジュ『ソヨンドン物語』（筑摩書房）、イム・ソルア『最善の人生』（光文社）、チョン・ハナ『親密な異邦人』（講談社）など。ユン・テホ『未生 ミセン』で第20回文化庁メディア芸術祭マンガ部門優秀賞受賞。

チョン・セランさまへ

ご無沙汰しております。

肌寒い天気が続いていますが、いかがお過ごしでしょうか。

私はいま、掌編小説集『私たちのテラスで、終わりを迎えようとする世界に乾杯』（早川書房）の最終稿をチェックしています。セランさんの本を訳すのはこちらが四冊目ですが、これまでのどの本よりもセランさんのお考えがストレートに感じられる内容になっており、セランさんをもっと身近に感じられることが訳者である以前に読者としてとても嬉しかったです。

この本には同名のアラが何人か出てきます。原題に含まれているくらい大事な名前で、「最も果敢なタイプの主人公に付けることが多い名前」とセランさんは書かれていますが、私は翻訳をしながらアラの姿から何度もセランさんを見つけてきました。環境に対して意識的で、ネットショッピングで買ったものより包みが大きいことを気にしたり、買い物する際に革製品のものを控えたりするところです。また、小説家のアラは安全な恋愛をするのが厳しくなっている時代に、恋愛へのファンタジーを与える恋愛小説を書いていいだろうかと真剣に悩んでいます。

セランさんは実際、『地球でハナだけ』と『八重歯が見たい』（ともに亜紀書房）という甘い恋愛小説を書いた後に大きな修正を加えた改訂版を出されていますよね。登場人物が一方的に助けられる立場ではなく、互いに支え合う平等な関係になったことで、より生き生きしてきたなと思った記憶があります。恋愛小説を書き直すことが妥協になりはしないかと悩むアラに、セランさんの真剣に悩む姿を重ねみる思いがしました。

エッセイ「私たちが石膏人形に生まれたとしても」（『韓国フェミニズムと私たち』所収、タバブックス）で、セランさんは、「暴力は私たちを破壊することも、私たちの人格をさらに精巧なものにすることもできる。暴力を手にした彼らより、私たちのほうが精巧にできている。私たちのほうが未来に近い」と書かれています。弱さゆえに精巧にできている私たち。私はこの言葉を自分のお守りのようにしてきました。そしてその思いが引き継がれている『私たちのテラスで、終わりを迎えようとする世界に乾杯』を訳しながら、改めて思いました。一歩一歩悩みながら前に進み、いま進んでいる道が正しいかをその都度確かめながら修正していくセランさんの後ろをこれからもずっとついていこうと。

お会いできる日を楽しみにしております。

すんみ　拝

すんみ

翻訳家。早稲田大学文化構想学部卒業、同大学大学院文学研究科修士課程修了。訳書にウン・ソホル他『5番レーン』（鈴木出版）、キム・サングン『星をつるよる』（パイ インターナショナル）、ユ・ソジョン他『そしてパンプキンマンがあらわれた』（小学館）など。チョン・セランの訳書には『屋上で会いましょう』『地球でハナだけ』『八重歯が見たい』（以上、亜紀書房）、『私たちのテラスで、終わりを迎えようとする世界に乾杯』（早川書房）がある。

編集者から見た チョン・セラン

息を深く吸える場所。セランさんが紡ぐ物語にはいつだって、そんな場所があると思っています。

早川書房 編集部 茅野らら

チョン・セランさんの名前を初めて知ったのは、韓国カルチャーに詳しい友人に教えてもらったNetflix版「アン・ウニョン先生」を観た時でした。そのまま原作小説を手に取り、気づけば、悪態をつきながらも勇敢でまっすぐな保健教師ウニョン先生にすっかり惚れ込んでいました。さらに惹かれたのは、思春期の生徒を守ろうとする教師たちもまたそれぞれに悩みを抱えているのが、当たり前のように描かれていること。子供と大人の葛藤を通して社会の姿が描かれていること。こんな物語を「ただ快感のために書いた」というセランさん。尊敬する作家がまた一人増えた瞬間でした。

それから4年後、編集者になって6年目の私になんとセランさんの掌編（短編よりも短いショートショート）小説集『私たちのテラスで、終わりを迎えようとする世界に乾杯』（原題の直訳は『アラの小説』）の担当がまわってきました。なんたる幸運！　せっかくなので、この小説集の魅力をご紹介したいと思います。

①セランさんの作品には、「かわいらしい！」としか形容しようのない人物がたくさん出てきます。例えば、今回の作品でいうと——恋人が作った芸術作品が示すものを理解できずにフラれてしまい、しょうがないので美術館のバイトを始めてみる人。カフェイン耐性がなくなり一日一杯しかコーヒーを飲めなくなったけれど、その一杯を「最高の一杯」にするためにバリスタになることを決意する人などなど。訳者

のすんみさんと、ゲラ上で「このエピソード、本当にかわいいですよね！」「セランさんの頭の中に入ってみたいです！」とハイテンションでやりとりしたりして。クスっと笑いながら読んでいるうちに、このキャラ、自分の知り合いのAさんに似ているな……とも思えてきたりして。これぞチョン・セラン沼。ファンが増えていく理由はこういったところにあるのだなあと思いました。

②そんな登場人物たちは、かわいらしさと同時に、より良い世界をあきらめない勇敢さも持っています。「長い小説よりストレートなところが際立ち、優しい話はより優しく、辛口な話はより辛口になっています」と本書のあとがきで書いていますが、セランさんが社会に抱いている疑問や憤りが反映されたのであろう人物が、本作にはたくさん登場します。大量消費が限界を迎えている世界でファストファッションをやめようと決意する人。性犯罪の現実を知ってから恋愛を信じられなくなってしまったけれど、そんな時代だからこそ届けたい恋愛小説とは何かを考え続ける小説家。仕事はぼちぼちで、海外旅行なんていけないけれど、家に帰ればルームメイトと乾杯できる、そんな日常を大切にしている人。おかしいことにはおかしいと声を上げていいし、孤独かもしれないけれど、私たちは決して一人ではない——自身が社会の中でどういった世代に属すかを常に俯瞰し、次の世代に何を残せるかを考え続けているセランさんだからこその視点から、今を生きる私たちへのエールのようなものが感じられます。

今までのセラン作品のファンにも、どの本を読むか迷っている方への導入編としてもおすすめの一冊です。ショートショートなので、毎晩眠る前に一編ずつ読むのも。

なお、一瞬の出会いに宿るきらめきを描いた「スイッチ」という作品は、私がまさに「深く息を吸える」と感じた一作でした。こういう想いにさせてくれるから、私はずっとセランさんに憧れるんだろうなあ。邦訳が刊行されたら、このエッセイを読んでくれているあなたの好きな一編をどうぞシェアしてください。チョン・セランワールドが拡大していくのを目撃できるのが今から楽しみです。

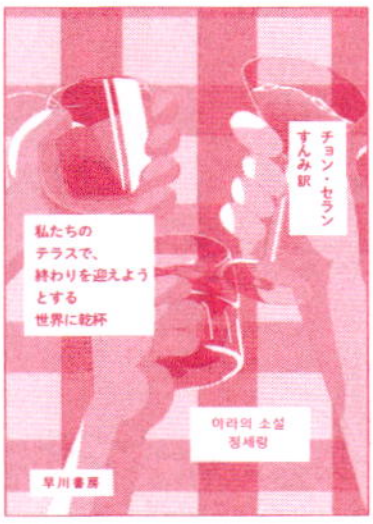

『私たちのテラスで、終わりを迎えようとする世界に乾杯』
☞詳細はP.52を参照

知ればもっと好きになる!

チョン・セラン辞典

**作品も人柄も、知れば知るほど魅力的なチョン・セランさん。
名前の由来や経歴から、関連人物、ご本人が大切にしていることまで、
セランさんにまつわるキーワード&トリビアをまとめました!**

Text : Sachie

I《ア》V《イ》E《ヴ》

解説 二〇二一年にデビューしたガールズグループ。『After LIKE』のプロモーション映像『I'VE SUMMER FILM』(二〇二二年)のナレーションはチョン・セランによる書き下ろしであり、MV監督ノ・サンユンがコラボを提案し実現した。**逸話** K-POPの中でも特によく聴くアーティストとして挙げている。

イ・ジャラム

解説 パンソリ歌手。自身の映像作品にキャスティングしたい人物。舞台を掌握する存在感と演技力に魅了されファンになった。

色別《いろべつ》

解説 本棚の並べ方の基準。カテゴリー別から色別に変更したことで、一度に様々なカテゴリーの本に触れられる点が気に入っているという。**逸話** 「よく考えて作られたものだから」という理由で帯を外さない。

狼《おおかみ》

解説 動物。自身のサイン(右下参照)に描かれる自身のサインは幼い頃に考えたものであり、名前の「世《セ》」に、「朗《ラン》」に似た漢字である「狼」のイラストを合わせている。**逸話** 狼のイラストはワニに間違えられることが多々ある。

おすすめ魔《ま》

本をおすすめすることが好きである自身を称した言葉。**逸話** 作家引退後は自分以外の作家が書いた本をたくさん読み、おすすめしたいと語っている。

오《オ》늘《ヌ》의《レ》 SF《エスエフ》

解説 チョン・セラン、コ・ホグァン、デュナ、チョン・ソヨンが編集委員として制作に携わるSF専門雑誌。日本語では「今日のSF」という意味。現在第二号まで出版されている。

環境主義者《かんきょうしゅぎしゃ》(エコロジスト)

解説 幼い頃から環境問題に関心があり、自らを〝ハードコアな環境主義者〟と称している。著作で環境

自筆サイン

問題に関して描くことも多く、バガス紙（サトウキビの搾りかすを原料とする紙）と大豆インクを使用して出版したり、宣伝グッズは極力プラスチックを使わないよう毎回提案している。逸話『地球でハナだけ』(二六頁)は環境のために電子書籍だけで発売しようとしたことも。自身の死後、著作権料と財産を野生動物保護財団に寄付すると決めている。

脚本《きゃくほん》

解説 二〇二〇年にNetflixで公開されたドラマ『保健教師アン・ウニョン』でドラマ脚本家デビュー。現在原作のあるドラマとオリジナルストーリーのドラマを構想中。逸話 高校時代、チョン・セランの文章を評価していた図書室担当の生物教師に「ドラマの脚本を書きなさい」と言われたことがある。

健康診断《けんこうしんだん》

解説 会うたびに無病長寿を願ってくれるファンに応えるため、欠かさず受けているもの。逸話 韓国日報文学賞を受賞した際、賞金の一部を使い健康診断を受けた。定期的な運動を欠かさない、激辛料理は食べない、墜落死しないよう高い所に行かないなど、常に健康に気を使っている。

五十冊《ごじゅっさつ》

解説 生涯で執筆したいと考えている目標の冊数。逸話 マルグリット・デュラスのように七十代になっても活発に執筆活動をし、五十冊刊行することが夢だと話している。

ジェイン・オースティン

解説 小説家。好きな作家の一人であり、自身の文学の出発点でもある。

小説新人賞《しょうせつしんじんしょう》

解説 デビュー前に韓国で実施されるほぼすべての新人賞に落選。デビュー後にチャンビ長編小説賞、韓国日報文学賞を受賞した。逸話 新人賞の最終選考まで進んだ回数は九回。落ち続けるうちにカフェのポイントカードを連想するようになり、「九個たまったからもうすぐコーヒーがもらえるんじゃないか」とあきらめずに待ったという。

書簡《しょかん》

解説 いつか書きたいと思っている長編小説のスタイル。

スター・ウォーズ：ビジョンズ

解説 『スター・ウォーズ』の世界観をテーマにした短編アニメアンソロジーシリーズ。Volume 2『ダークヘッドへの旅』の脚本をチョン・セランが手がけた。逸話 幼い頃から『スター・ウォーズ』のファンであったため、すぐにオファーを引き受け、二日後にはプロットを完成させた。

スティーヴン・キング

解説 小説家。好きな作家として頻繁に名前を挙げている。逸話 スティーヴン・キングが紅茶好きだと知り、自身も好んで飲むようになった。過去には「アメリカに住む叔父だと思っている」との発言も。

スパムメール

解説 著作に登場する会社や悪者の名前を決

める際に参考にするもの。

生活感《せいかつかん》 解説 小説の登場人物に与えたいと思っている要素。SFやファンタジー作品では特に大事にしている。逸話 キャラクター設定では、各キャラクターが好きな音楽や映画などについても考える。

世朗《セラン》 解説 「セラン」という名前の漢字。書道家で漢字に造詣が深かった大伯父が命名。

全作主義者《ぜんさくしゅぎしゃ》 解説 好きになった作家の作品は絶版になっているものまで探しだし、全作品読むという自身を称した言葉。本に限らず、好きなものができたらとことん追求するタイプである。

ソル・ジャウンシリーズ 解説 二〇二三年一〇月に発売されたシリーズものの歴史ミステリー。一巻は『ソル・ジャウン、金城に帰る』(三九頁)。逸話 現在三巻まで出版が決定しているが、チョン・セランは十巻まで出したいと語っている。シリーズものを書き始めた理由は、小説を書いているうちに情がわく登場人物と長く一緒にいたいから。

ダーレク 解説 イギリスのSFテレビドラマシリーズ『ドクター・フー』に登場する地球外生命体の一種。逸話 映像作品の悪役の中で最も魅力を感じるキャラクターで、人類が頻繁に犯す失敗を誇張した存在だと考えている。

조금《チョグム》／약간《ヤッカン》 解説 「少し」「ちょっと」という意味の韓国語。無意識に繰り返し使ってしまうため、推敲作業で大幅に削る言葉。逸話 担当編集者は「作家ごとに使いがちな言葉は必ずあり、作家の性格が出る部分。조금《チョグム》、약간《ヤッカン》が頻出するのはチョン・セランの慎重な性格が出ている」と話す。

チョン・セランbot《ボット》 解説 チョン・セランに関する情報を発信するSNSアカウント。本人公認で日韓の有志のファンが運営している。韓国：(@Serangbot1)、(serangbot1)、日本：(@serang_jp)。

チョン・ユミ 解説 俳優。二〇二〇年にNetflixで公開されたドラマ『保健教師アン・ウニョン』で主人公のアン・ウニョンを演じた。逸話 チョン・セランのラブコールによりキャスティングが実現。読者の間では二〇一〇年に短編小説『사랑해《サランヘ》, 젤《ジェル》리피쉬《リピシュイ》(愛してる、ジェリーフィッシュ)』が発表された頃から「実写版のウニョン役はチョン・ユミで」と熱望する声が多く、それを受けてのことだった。

電子書籍《でんししょせき》 解説 収納問題に加え、紙のホコリが鼻炎に悪影響を与えるため電子書籍を愛用している。逸話 電子書籍を愛用する作家同士では新刊を送り合うことをやめ、お互いの電子書籍にテレパシーでサインをしようと約束している。

鳥《とり》 解説 自然や生き物を愛するチョン・セランが特に好きな動物。動きが美しく、スズメからペリカンまで多様である点に魅了されたという。著作にも鳥が度々登場し、『シソンから、』(二五頁)には鳥が好きなヘリムというキャラクターが、『ソル・ジャウン、金城に帰る』(三九頁)では重要な役割を持つ白い鷹が登場し、表紙にも描かれている。【逸話】趣味の一つであるバードウォッチングをする際はポケット図鑑を持ち歩き、帰宅後に詳細を調べる。なりたい鳥はキツツキ。

二千五百冊《にせんごひゃくさつ》

【解説】韓国で『地球でハナだけ』(二六頁)の改訂版刊行の際に直筆サインを書いた冊数。

ノート

【解説】アイデアなどを主にまとめているもの。【逸話】火事のときにはアイデア専用ノートだけ持っていくと決めている。ノートは糸綴じで表紙も紙のもの、ペンは目に優しい緑色のものを愛用。

博物館《はくぶつかん》

【解説】展示内容の些細な変更にも気づくほど頻繁に訪れる場所。【逸話】歴史を専攻していたため、博物館を意味する「박물관《パンムルグァン》」のㅂの文字を見ただけでもワクワクするという。

一人《ひとり》出版社《しゅっぱんしゃ》

【解説】編集者時代が懐かしくなったとき、とがったアイデアを実現したいときに構想するもの。会社名とロゴも考えているが、実行に移す可能性は極めて低いと話している。【逸話】出版業界の知人に会社名を教えることがあるが、いい反応が返ってきたことはない。

編集者《へんしゅうしゃ》

【解説】大手出版社二社での勤務経験があり、小説家としてデビューした後も約五年間兼業した。【逸話】愛読する児童書の編集者として入社することが決まっていたが、出版社内部の事情で一般文芸チームに配属されることに。これについては、チョン・セラン自身が「人生で最も大きな偶然だ」と語っている。

ミステリー小説《しょうせつ》

【解説】好きな小説のジャンル。日本のミステリー小説も愛読している。【逸話】ミステリー初心者へのおすすめとして挙げた作品にピーター・ラヴゼイの『偽のデュー警部』、若竹七海の『さよならの手口』、米澤穂信の日常系ミステリー全般などがある。

윤슬《ユンスル》(Gold Dust《ゴールドダスト》)

【解説】NCT127の楽曲。歌詞が気に入り、『ソル・ジャウン』シリーズの執筆中によく聴いていた。

歴史《れきし》専攻《せんこう》

【解説】高麗大学校の教育学部歴史教育学科を卒業。【逸話】想像力豊かなレポートを頻繁に書いていたため、教授陣による「歴史よりも文学が合っている」との言葉を受け、二重専攻で国文科でも学んだ。

ロト6/45《ユクサオ》

【解説】韓国で最もメジャーな宝くじ。【逸話】インスタライブにて、「もしロトで高額当選しても作品を書き続けてほしい」というファンのコメントに対し、「物語を書くことはやめないので安心してください」と答えたことがある。

「読者とのつながりにおいて、信頼を失ったことはありません。」

“読者と作家の間にある愛は、世の中に存在する他のどんな愛とも違う。あるときは大きな盾になり、あるときは完全燃焼する燃料になるため、一度経験したら二度とそれ無しでは生きられなくなる。何者でもない私を選び愛そうと思ってくれた方たちが意気揚々としていられるように、何としてでも生き残りたいと思った。”

〝私は一人の人間の内面を掘り下げることが得意な作家というよりは、人々の間の相互作用について書く作家だと思います。〟

“良い物語とは苦しい選択をする人々の味方になる物語だ。”

“小説のテーマはずっと変わっていない。どんなジャンルのどんな物語を書くとしても、私を突き動かす問いは「人間の暴力性をどうしたらいいのか」から大きく外れることはない。”

「小説の中の登場人物は
どこかに存在する
知人のようです。
その中の何人かは
友達のように感じます。」

チョン・セランの言葉たち

著作やインタビュー、ブックトークから抜粋

About 作品

Q1

チョン・セランさんの作品に登場する人物は優しい人が多いですが、キャラクター設定をするうえで心がけていることはありますか？これは描きたい／描きたくないなど、意識していることがあれば教えてください。

本質的には、自分と世界との関係をきちんと構築しようとする人々について書いていると思います。人の内側には誰しも真っすぐな部分とねじれている部分がありますよね。そのねじれている部分を放っておいたり、あるいは暴走させたりすると、自分も周りも苦しめてしまう人物になるのだと、しばしば感じます。尖っていたり粗っぽかったり攻撃的な面があったとしても、そこをなんとかしようとする人たちについて書きたいと思っています。内側の問題を外に向けて思うままに発散する人物は現実に溢れているので、あえて再現したくはならないんです。

Q2

キャラクターを構成するにあたって参考にしていることはありますか？キャラクターやストーリーづくりのために、普段どのような取材や情報集めをされているのか気になります。

たくさんの情報をフィクション化するとき、具体的なパートより大きなパターンに目を向ける練習を重ねていくとキャラクターやストーリーづくりに役に立ちます。人は完全に一人で存在しているのではなく、属しているさまざまな集団の影響を受けます。解決の難しい根本的な問題があるために似たような事件が繰り返し起こっています。なぜ同じ類型の人たちは同じ類型の行動を繰り返すのか、なぜ同じ衝突が時代が変わっても足踏みするように続くのかについて、作家によって捉えたパターンは異なることもあるでしょうし、それが小説になるのだと思います。

Q3

一番思い入れのあるキャラクターは誰ですか？

『保健室のアン・ウニョン先生』のアン・ウニョン、『地球でハナだけ』のハナ、『シソンから、』のジスとウユンは友達のように感じられます。執筆当時、年齢が近かったですし、彼女たちの内面も自然と描けてたやすかったからだと思います。実在しない人に友情を感じてしまうことに不思議だなと思うことがあります。

Q4

チョン・セランさんの作品には不思議な力を持つ人物が登場することがありますが、その部分に関して影響を受けた作品はありますか？

青少年期は『X-MEN』シリーズが好きでした。今でもどんなスーパーヒーローものよりも好きです。子供の頃は『美少女戦士セーラームーン』『魔法騎士レイアース』『スレイヤーズ』のような魔法少女ものが好きでした。成長期に好きだった作品が自然と影響しているのではないかと思います。

Q5

作品に登場する人物の中で、ご自身に一番近いと思うキャラクターは誰ですか？

『地球でハナだけ』のユリですね。ユリの性格、行動、言葉が私とすごく似ています。主人公よりも主人公の友達に自分が大きく反映されるときがあります。主人公を書くときよりも緊張していないからかもしれません。

Q6

俳優をイメージして書かれた登場人物はいますか？

『ソル・ジャウン、金城に帰る』の王はどういうわけか頭に俳優のイ・スヒョクさんを思い描きながら書きました。イ・スヒョクさんが知ったら少し負担に思われるかもしれませんね。美しくてクールなイメージにピッタリだから思い浮かんだようです。もしも映像化されるとしたらイ・スヒョクさんにお願いしたいです。

Q7

執筆を終えたあともキャラクターたちが語りかけてきて物語がなかなか終わらない、というような経験をされたことはありますか？

『フィフティ・ピープル』のチン・ソンミのようなキャラクターがそうでした。自分の章もなくエキストラなのにあちこちにひょっこり顔を出すんです。まれにそんなキャラクターがいます。ユーモラスな性格とか勇敢で積極的な性格の持ち主たちが、ときどきページを抜け出すみたいです。よくあることではないので、この先も、ぜひもっと経験したいです。

Q8

作品を執筆するにあたって、先に登場人物の相関図のようなものを作成しますか？特に、『フィフティ・ピープル』は登場人物が多いので、どのような順序で執筆されたのか気になります。

構成の最初の段階で確実に決まっている人物が複数人いて、その人物たちとバランスを取りながら加えていく感じで書いています。核になる人物が決まったらそこから放射状に拡がっていく形だと言えると思います。見慣れた人物ができてきたら、次は多少目新しい人物に変えようと意識したこともありましたね。

Q9

『保健室のアン・ウニョン先生』でのアン・ウニョンとホン・インピョの相棒関係が好きです。2人の関係性を描くうえで意識したことはありますか？

合うところが一箇所もない2人が、合わない状態でも互いにとって最も大きな力になることができたら、と思いました。性格も好みも育ってきた環境もできることも全部違うけれど、そんな人同士が意気投合するときは素敵だからです。強い同僚愛と妙な緊張感もミックスされてほしいとも思いました。

Q10

**『保健室のアン・ウニョン先生』が
Netflixで映像化されると聞いたとき、
どのように思いましたか？**

ものすごくうれしかったです。OTT［動画配信サービス］はいろいろなことを試すことができる環境だったので本当に良い機会でした。決定してから3年以上かかったので、待っている間に不安にもなりましたが、たくさんの方が心血を注いで完成させてくださって、今でも感謝の気持ちでいっぱいです。

Q11

**『保健室のアン・ウニョン先生』は
ご自分で脚本も担当されましたが、
いかがでしたか？
楽しかった気持ちと大変だった気持ちはどちらが大きいですか？**

映像は総合芸術なので、脚本の役割は骨組み程度で、それ以上になるのは難しいと思っています。小説だと全部自分で決められますが、ドラマは参加者が200名に及ぶこともありますから。だから私の手を離れて他の要素が幾重にも重なっていく豊かさに楽しさを感じましたし、本質から離れすぎてしまったと思ったときには話し合いや説得が必要だったこともありました。いつでもまたやりたいと思っているところを見ると、大変だったという気持ちよりは楽しかった気持ちが大きかったようです。

Q12

**『保健室のアン・ウニョン先生』の
実写ドラマを見ていかがでしたか？
ほかにも映像化したい作品はありますか？**

胸がいっぱいになるとても幸せな経験でした。参加してくださった方々の力量が爆発的に感じられる映像でした。後半のストーリーが短く圧縮されてしまったのは分量が短かったからではないかと思います。チャンスが与えられるとしたら『アンダー、サンダー、テンダー』を映画で見てみたいです。

Q13

**『シソンから、』は
各章冒頭に入るシソンさんの著作や
スピーチの記録など、
細かな構成に感動しました。
こういった部分はどのように
作業されたのでしょうか？
著作やスピーチの出刊年次に
意図があるのかも知りたいです。**

仏教雑誌や鉄道雑誌、エネルギー会社の社報、医療財団の広報誌など、いろいろな方面の雑誌から依頼を受けるのですが、もしもシム・シソンという仮想の作家に仮想の依頼をしたらどんなものができあがるだろうかと疑問に思ったんです。私の世代の言葉ではない上の世代の言葉を真似てみるというのも目標の一つでした。出版年はシソンの生きてきた軌跡がそれとなく感じられるように設定したものです。

Q 14

**『地球でハナだけ』で、ハナの店を西橋洞《ソギョドン》、
キョンミンの家を解放村《ヘバンチョン》に設定した理由はありますか？
日本から3つのエリアを訪れる読者に注目してほしいことや、
見てほしい景色、訪れてほしい場所などはありますか？**

西橋洞には出版社が多いのでよく行くんです。出版関係の人や文学関係の人、ミュージシャンやアーティストなど、通りが文化関係従事者でいっぱいなので人を見ているだけでもユニークな雰囲気が感じられます。おいしいスイーツのお店もたくさんありますよ。解放村はバスで通ることが多くて、旅行と目新しいものが好きなキョンミンが住むのにぴったりなのではと思いました。もし行かれるなら、Nソウルタワーのよく見えるところでゆったりとした時間を過ごしていただきたいです。

Q 15

**『屋上で会いましょう』の「ウェディングドレス44」は
構成がユニークですが、
どのように誕生した短編なのでしょうか？**

ウェブで発表する作品として依頼を頂いて、それなら一度くらいはスマートフォンで読める形式にしてみたらどうかと思ったんです。通勤中に電車やバスで立ったまま読んでくださる方が多いということで小さな画面を考慮して書いてみました。ときには与えられた形式からアイデアを得ているようです。

Q 16

**『保健室のアン・ウニョン先生』が好きで
読み終わるのがとても残念でした。
この先、続編を書いてみたい作品や、もう一度
登場させたいキャラクターがあれば教えてください。**

『保健室のアン・ウニョン先生』は本当に続きが書きたい本です。アン・ウニョンとラディが放送局の幽霊を追う内容をいつか必ず書きたいです。ラジオ収録のために古い放送局に入ったことがあるのですが、本当に変わった光景だったんです。ラジオの録音室に大きな象の飾りと別の文化圏の被り物なんかがたくさん積まれていて廊下も迷路同然だったことを、ときどき思い出します。

Q 17

一番書くのに苦戦した作品は？

『フィフティ・ピープル』だと思います。15人分まで書いた状態で連載を始めたのですが、連載の終盤が近づくにつれ「これは大変だ」と思いました。でも、編集者の方が本当に力になってくださいましたし、ウェブ連載だったので読者の方の応援もすぐに伝わってきました。ギリギリで完成したのですが、代表作になりましたね。アドレナリンにもある程度は頼らなければならないのかもしれません。

Q18

一番取材に時間を要した作品は？

『ソル・ジャウン、金城に帰る』です。歴史ものを読むのが好きなので書き始めたのですが、準備期間が現代ものの3倍はかかる気がします。事前の取材に深くのめり込んでしまうと止め時が分からなくなって混乱してしまうこともあります。熱心に調査はしても埋没してしまわないように努めたりもしますね。

Q19

作品にチョン・セランさんの考えや思いを直接的に反映させることはありますか？ または、思いがけず作品に反映されていたという経験はありますか？

『アンダー、サンダー、テンダー』のジュヨンや『シソンから、』のファスが言ったことの中に、私の言葉が直接入ったことがあります。私というフィルターを通して濾過した現実を書くという点で、全ての作品に意図しない形では反映されているのだろうと思います。

Q20

もしチョン・セランさんが舞台の演出家だったら、どの作品を舞台化してみたいですか？

『声をあげます』をやってみたいです。超能力者を入れた収容所を舞台に表現してみたらどうかなと。自由なようで自由でない状態を表現するのに良さそうだと思います。

Q21

韓国と日本語訳の本では表紙の雰囲気が大きく異なりますが、どのように感じていますか？

その違いが面白いです。韓国のブックデザインは直接的で、日本のブックデザインは象徴的かなと思います。他の国々も千差万別なんですよ。『シソンから、』なんかは国によって表紙が全く違っていて出版社の解釈や志向が現れるようです。翻訳版だけを一つの本棚に並べていて、気分転換したいときに手に取ってみたりもしています。

Q22

時間の制約など何も気にせずに自由に書きたいことを書いてよいと言われたら、どんなストーリーを執筆したいですか？

シリーズでずっと続くミステリーものが書きたいです。とりあえず『ソル・ジャウン』シリーズがあるので、現代を背景にしたものでも探偵キャラをもう一人つくって、両方を行ったり来たりしながら数十巻書きたいです。もう四十歳、寿命を考えずにはいられない歳です。作品を書ける健康状態を長く保つために、近ごろは運動に励んでいます。

Q23

改訂版で使用する言葉を変えたり、ストーリーに大幅な変更を加えたりしていますが、改訂の作業をする際はどんなことを意識していますか？

刊行後５年から10年程度経つと改訂の機会がときどき与えられるのですが、語彙が単調で未熟だなと思う箇所や時が経って考えが変わったところ、用語や理論などが変わったところを修正したりしています。特に意識しているところは、文が重なってできる密度が乱れているところです。レンガの壁を点検して、間違って入っているレンガを取り換える気分で修正しています。

Q24

『絶縁』はチョン・セランさんの発案で生まれたそうですが、若手作家とタッグを組み、一つの作品をつくってみていかがでしたか？このような作品をまたつくってみたいと思いますか？

一つのキーワードで遠くの街の作家たちと一緒に作品を書くという、驚くような経験が与えられてとびきり幸せでした。おそらく死ぬまで、参加してくださった作家さんたちに特別な思いを持つような気がします。精魂込めて完成させた作品を読んでくださった方々にも。本でも他の形態でも物語によって海を越えてつながる経験を、いつかまたしたいです。

Q25

チョン・セランさんの作品の群像劇のような厚みに魅力を感じています。今後、戯曲を書く予定や、書きたいという思いはありますか？あればぜひ、読んでみたいです！

舞台芸術は是非一度挑戦したい分野ですが、今のところまだ機会がありません。もしも新しくお知らせするようなことができたら、必ずお伝えしますね。

About 執筆スタイル

— Q26 —

小説を書くときの一日のスケジュールは決まっていますか？ 毎日決まった時間に執筆するのか、それとも筆が乗ったら一気に書き進めるのでしょうか？　一日の執筆時間や枚数を決めているのかも気になります

午前と、午後の早い時間に執筆して、そのあと集中力が下がったら執筆以外の業務を行います。筆がはかどる日は3000～4000字ほど書きますが、普段は2000字前後です。なるべく前日に書いたところを直さずに、結末まで書き上げた後で最初から直していくという方法が、毎日一定の量を書くのに役立つようです。

— Q27 —

作品を書くときや執筆の際に大切にしていることがあれば教えてください

「私が書かなければならない話なのか」を、執筆を始める段階で真剣に悩みます。他の作家が既に書いているとか私より上手く書きそうな話なら、あえて選ばなくてもよいからです。私が書いたら一層深く入り込んでいけそうだとか、違う角度から入り込めそうだと思ったら書き始めます。特に長編は何年間かを注ぐので、絶対に書かなければならない物語なのか、慎重に選びたいです。

— Q28 —

以前インタビュー番組『YOU QUIZ ON THE BLOCK』で独特な世界観・想像力の秘訣を尋ねられ、「毎日新しいことをする」とおっしゃっていたのが印象的でした　それは今も続けていますか？

今も続けていますし、相変わらず小さなことです。初めて翻訳版が出た作家の作品を読んでみるとか、街に新しくオープンしたお店に行ってみるとか、はじめてのソースを使ってみるとか、そんなことです。少し前にスウェーデンのソースを頂いたので試してみたのですが、まだソースにぴったりの料理は見つけられていません。

— Q29 —

普段、どんなときに執筆のテーマが思い浮かびますか？

何かとても美しいと感じるときとか、とてもつらいと感じるときに思い浮かんだりします。私が美しいと感じる対象を同じ時代の人たちも美しいと感じるのか、つらく感じることが他の人たちにも重く感じられるのか思い悩みながら。間隙《かんげき》があったとしたら、それ自体がテーマになることもあります。

Q30

SF作品に関するアイデアや着想を得るのはどんなときが多いですか？

実際の世界のすごく大きな弱点を発見したら、それをSFで解き明かしてみたくなります。ここにこんなにみすぼらしい穴があるよと、一緒にのぞいてみないかと、物語を通して声をかけるのに、SFやファンタジーは他のジャンルより容易なのではないかと思います。何歩か下がると全体像がよく見えるのと同じ感じです。

Q31

さまざまなジャンルを書かれていますが、どんな内容を書いているときが楽しいと感じますか？

現実ととてもよく似ているけれど現実ではない、現実のすぐ隣の世界を書くときが一番楽しいです。日常的な場面から始まるけれど話が進むにつれて次第におかしな方向に流れていく、そんな世界です。遠慮が無くて飾り気のない種類のものだとお答えできると思います。

Q32

『ソル・ジャウン』シリーズのファンです。歴史を舞台にした小説を書くときの難しさと楽しさは何ですか？

生きたことのない時代の空気をつくりだすのが一番楽しいですが、その空気をつくるには数十冊の本と論文を、丸のみするように読まなければならないのが難しかったです。楽しい読書ではなく、覚えなければならない読書だったので。そうやって懸命に調査しても足りない部分が常にあって、そこを埋めようと思ったら果敢にならなければなりませんでした。埋めた部分はきっと大きく間違っているだろうなと、覚悟しながら書いています。間違っている部分がつくりだす多彩さだって、きっとありますよね？

Q33

作品を書かれるときは、どこまで結末が決まった状態で書き始めますか？　例えば、『フィフティ・ピープル』ではラストの形を最初から想定し、一話一話を書かれていたのでしょうか？

結末が決まっていなくても最初の場面とつながる大事な場面がいくつかあれば書き始める方です。最初にしっかり骨組みをつくったあとその通りに書くのではなく、点描画を描くように書いてきたので、即興で変えるところも多いです。そんなふうに書いたところの方が気に入ることもあります。『フィフティ・ピープル』も、もともとは結末の部分は書くつもりがなかったのですが、最後にみんなが会う場面が必要だと思って付け足しました。

Q34

どの作品も独特の表現力や新鮮な言葉の組み合わせがあり、常に驚きがあります　語彙力を培うために意識的にやっていることはありますか？

辞書の類義語の箇所を注意深く読みます。類義語と括られている単語の中でも置き換えて使えたり使えなかったりするところが面白いです。辞書を楽しく眺めながら書くと執筆のスピードは上がりにくいですが、満足のいくものが出来上がります。オンライン辞書があるので、昔の作家よりはるかに語彙力を伸ばしやすくなった時代に生きていますね。

Q35

作品の中にダブルミーニングを持つ言葉がたくさん出てきますが、最初から意図してその言葉を選び、書いているのでしょうか？　それとも、書いている途中で思いつくのでしょうか？

編集者として働いていたときに詩集を20冊以上つくった経験があるので、ダブルミーニングを持つ単語を好んで使うようです。意図して努力したものではありませんが、知らず知らずのうちに詩人の手法をまねていました。小説を書いていて行き詰まったら、詩集を読むことが大きな助けになることもあります。

Q36

創作が必要な仕事をしているとよく「引き出しを多く持て」と言われますが、チョン・セランさんはどのように「引き出し」をつくっていますか？

私も素材探しのことを「複数のフォルダーに情報を蓄える」と言ったりするので、同じような表現のようです。関心のある分野ができたらせっせと追いかけて情報収集します。ニュース、単行本、論文、インタビューなど、目についた先からとにかく読みますし、その分野の新しい情報を整理して知らせてくれるコンテンツキュレーターもフォローしています。作品を書こうと思ったら少なくとも5年は追いかけて読まなければ書けないんです。一回に一つの引き出しだけをいっぱいにすると、次々に作品を書くのは難しい。一方で引き出しがあまりに多すぎてもバラバラになってしまう危険性がある。ちょうどいい数の引き出しを持ちたいと思っています。

Q37

読者から受け取った手紙やメールからインスピレーションを得ることはありますか？

どんな気持ちで読んでくださっているのか切々と伝えてくださるので、次に執筆する力を頂いています。困難な時期に支えになったとおっしゃってくださるときが一番、胸がいっぱいになりますね。存在しない人たちの話を書いているのにその話が現実の誰かの支えになるというのは本当に素敵なことだと、もっと頑張りたいという気持ちになります。

Q38

「こんな読者にこの物語を届けたい」など、読者像を描いてお話をつくることはありますか？

作家と読者は内面が似た人である可能性が高いようです。私は押し寄せてくる悪いニュースに苦痛を感じて時々日常がつらくなる方なのですが、同じような無力感を抱く方を思い浮かべて書いています。要求されるようには強くなれない人たちと、この凄惨で理解不能な世界を一緒に消化しようと。どんな物語も仮想の対話のように書いています。

Q39

執筆作業をする空間はプライベート空間と分けていますか？
書くときと書かないときの切り換えはどうしていますか？

作業室を別のところに構えていたことがあるのですが、家の掃除もして作業室の掃除もしてだと時間を食うので自宅と一緒にしました。執筆室と会議室は区画で分けて、プライベートな時間を過ごすときにはあまり使いません。会議室はインタビューや撮影用にも使えるような内装にしています。執筆する時間と空間が決まっているので切り替えは難しくないのですが、その代わり、その時間と空間でなければうまく書けません。ノマド族［オフィスという概念にとらわれることなく場所を選ばず仕事をする人たち］にはなれなさそうです。

Q40

「これを食べればやる気が出る」という食べ物はありますか？

夏の桃を食べるとやる気がでます。韓国では夏に桃をたくさん食べると秋に健康に過ごせるという俗説があるのですが、日本ではどうでしょうか。

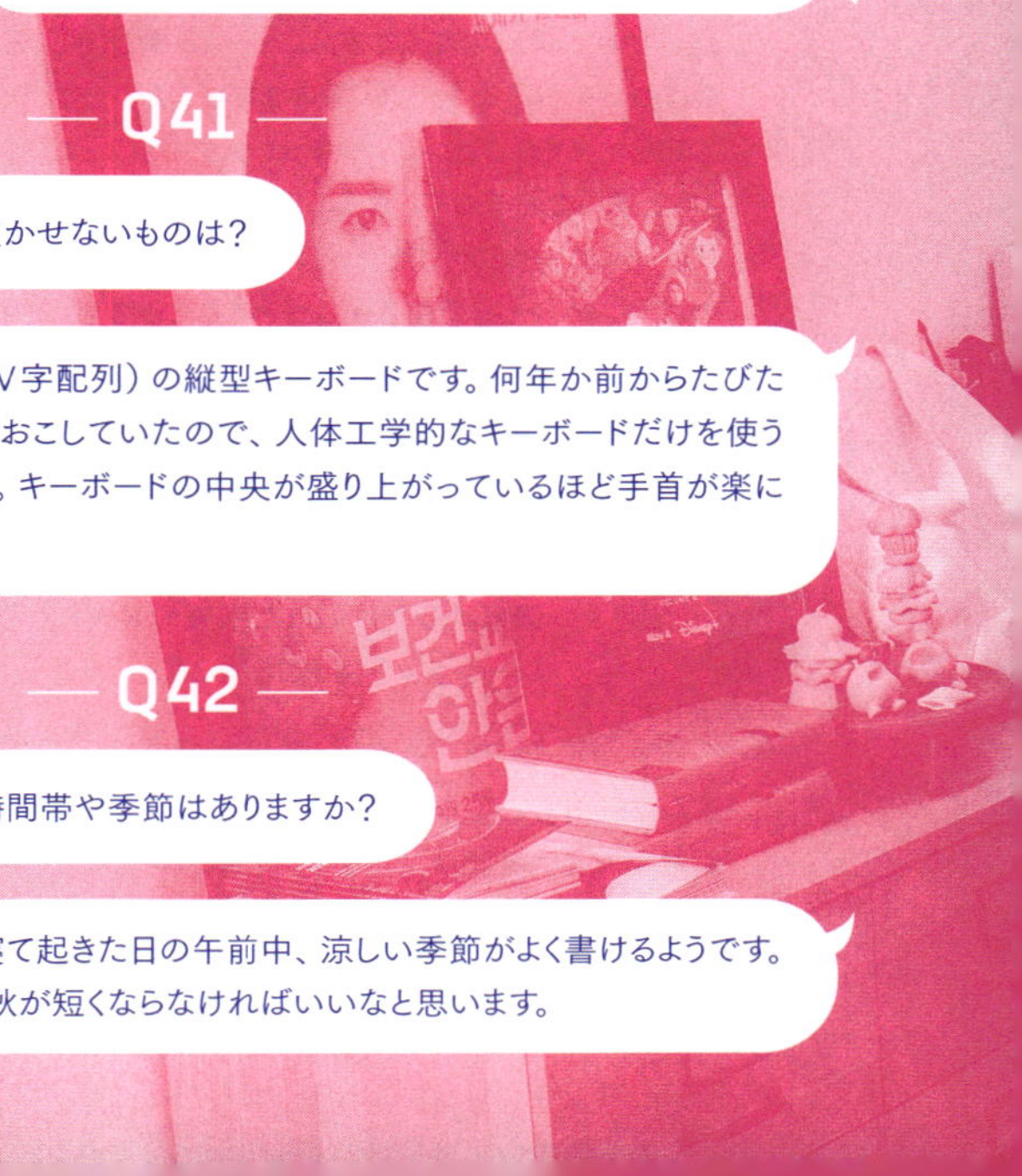

Q41

執筆するときに欠かせないものは？

エルゴノミクス（V字配列）の縦型キーボードです。何年か前からたびたび手首に炎症をおこしていたので、人体工学的なキーボードだけを使うようになりました。キーボードの中央が盛り上がっているほど手首が楽になるようです。

Q42

執筆がよく進む時間帯や季節はありますか？

よく寝て起きた日の午前中、涼しい季節がよく書けるようです。春と秋が短くならなければいいなと思います。

© 전예슬

Q43

どんな音楽を聴きながら執筆されますか？　作品ごとに聴く音楽を分けていたりするのでしょうか？

音楽に造詣が深い方ではありませんが、音楽を通じて必要な感情を事前に温めておくときがあります。スピーディな場面を書く前にはテンポの速い音楽を聴きますし、切ない場面を書く前には切ない歌を、愛らしい場面の前には愛らしい歌を聴きます。場面に合わせて日々選んでいます。

Q44

執筆中、一番大変なことはなんですか？

筆が滑るようによく書ける日は１カ月に１回か、２回くらいです。だいたいは悩みに悩んでゆっくり進んで完成に至ります。いつもモチーフを前に「それでその後はどうなったの？」と自分に問いかけてはまた問いかけてを繰り返しています。するする滑る日がまた来ると信じて待つのが一番大変なことなのではないかと思います。ですが完成の日には他のどんなこととも比べられない快感がやって来ます。

Q45

執筆に行き詰まったときや集中できないときはどんなふうに気分転換をしますか？

外出して行ってみたかった所に行くこともありますし、他のジャンルの素晴らしい作品を鑑賞することもあります。これ以上書けないと思った日は思い切って机の前を離れるのが良いみたいです。ほとんど毎日書くタイプなので、行き詰まる期間はそれほど長くはない方ですね。次の日に全部消すことになっても、とりあえず書いてみると解決することも。頭の中をパイプだと思ってパイプをよく掃除するようにしています。

Q46

作家を志したきっかけは？

出版社に就職して雑誌をつくったことがきっかけでした。それ以前は古典と呼ばれるような文学だけを扱っていたのですが、古典は既に選ばれた作品じゃないですか。まだどんな選択もされていない状態のぐらぐら煮立っているような文学の現場に触れたら、書きたいという気持ちが湧いてきたんです。編集者の先輩方が良い本をたくさん薦めてくださったのも刺激になりました。

Q47

学生の頃はどんな夢を持っていましたか？

すごく幼い頃はスポーツや美術をやりたいと思っていましたが、成長するにつれて才能がないということに気づきました。その後は**児童文学が書きたい**と思っていましたし、**広告やマーケティング方面にも興味**がありました。イメージが強くてぎゅっと凝縮されたようなコンテンツがつくりたかったようです。最近は巡り巡って広告業界のお仕事をする機会も何度か頂いて、気になっていた世界をのぞき見ている気分です。

About パーソナル

Q48

自身の性格ないし作風に大きく影響しているであろう幼少期の体験はありますか？

小中学生の頃、何年か闘病していたことが作品に影響したようです。「健康で情熱的な力強く疾走する若さ」にいつも感情移入することができませんでした。気持ちが委縮するときもありましたが、振り返ってみたら、胃の弱い友達がくれる食べ物がやわらかいものだったり、腰痛持ちの友達が良い椅子を薦めてくれたりすることに気づける目が養われたことだけは、悪くなかったと思います。弱い部分をもう少しさらけ出して話すことのできる空気を求めてしまいます。

Q49

小説家という職業を選んでよかったと思うときは？

さまざまな理由で長い間読書から離れていらした方々が私の本を読んでもう一度読書を始めたとおっしゃってくださるときです。自分の本が一種のリハビリプログラムになることがうれしいです。ある人には緩やかな入り口をつくらなければならないし、読みやすい本がたくさんあってこそ、多少難易度は高くても良い本へとつながってゆくのだと思っています。

Q50

普段はどんな本を読みますか?

読書での快感を重視するタイプなので、早く次のページがめくりたくなるような本が好きです。眠気が吹き飛んで、どんなラストを迎えるのか気になって仕方がない本です。主に小説を読みますが**歴史の本や動物、植物に関する本**もよく読みます。**図鑑**を集めるのも好きです。**『野生動物痕跡図鑑』**（チェ・テヨン、チェ・ヒョンミョン著/トルベゲ/2007/未邦訳）を持っていたので、友人の車の窓ガラスを割ったのがタヌキだということが分かりました。

Q51

1カ月で平均何冊ほど本を読みますか?

20冊から30冊前後だと思います。寝る前に100から200ページ読んで寝る習慣があるので、読むのは主に夜ですね。

Q52

小さい頃に好きだった絵本や児童文学があれば教えてください。

ロアルド・ダールの作品は全部好きで、J・R・Rトールキンの**『ホビットの冒険』**、アストリッド・リンドグレーンの**『山賊のむすめローニャ』**、ナタリー・バビットの**『時をさまようタック』**、アルキ・ゼイの**『ヤマネコは見ていた』**、デヴィッド・カーシュナー、アーニー・コントレラスの**『ページマスター』**、ジェームス・ガーニーの**『ダイノトピア　恐竜国漂流記』**も好きでした。

Q53

韓国の本で好きな作品や作家、また影響を受けた作家はいますか?

たくさんの作家さんがいらっしゃいますが、**パク・ワンソ**さん、**ウン・ヒギョン**さん、**チョン・イヒョン**さん、**イ・ウヒョク**さん、**イ・ヨンド**さん、**チョン・ミンヒ**さん、**キム・エラン**さん、**ファン・ジョンウン**さんにとても影響を受けました。文壇文学とジャンル文学の両方を行き来しながら読んできました。また、**ファン・ミナ**さん、**イ・ミラ**さん、**カン・ギョンオク**さん、**チョン・ゲヨン**さんの**漫画**からも大きな影響を受けています。

Q54 仲の良い作家さんがいれば教えてください。

ペ・ミョンフンさん、**パク・サンヨン**さん、**チャン・リュジン**さん、**チョン・ヨンス**さんと、よく連絡をとる方だと思います。お互いに悩みを相談したり、お祝いを伝えたりしています。

Q55 これまで読んだ日本の作品で最も好きな作品、作家さんは？また、最近読んだ日本の作家さんの作品があれば教えてください。

宮部みゆきさん**の時代小説は全部**好きです。私は歴史を専攻していたので魅了されずにはいられませんでした。一冊だけ選べと言われたら『**孤宿の人**』でしょうか。ミステリーもたくさん読む方なので若竹七海さんの**葉村晶シリーズ**が好きです。阿津川辰海さんの『**透明人間は密室に潜む**』、小川哲さんの『**君のクイズ**』、伊与原新さんの『**博物館のファントム**』も印象的でした。

Q56 今、日本で会いたい作家さんは？

対談をご一緒したことのある**朝井リョウ**さん、**津村記久子**さん、**村田沙耶香**さんには変わらず深い友情を感じています。新作を読むと作家さんたちの声で文章が聞こえるんです。まだお会いしたことのない方の中では、『違国日記』の**ヤマシタトモコ**さんと**小泉今日子**さんが『フィフティ・ピープル』をおすすめ本と紹介してくださってすごく励みになったので、直接お会いしてお礼を申し上げたいという思いがあります。それから**米澤穂信**さんにもお会いしたいです。『黒牢城』が強烈にかっこよかったので。

Q57 好きな映画やドラマは？

『**麗**《レイ》**～花萌ゆる8人の皇子たち～**』が好きです。『**キングダム**』『**私の解放日誌**』『**ソンジェ背負って走れ**』『**卒業**』も絶賛しながら観ました。日本のドラマの中では『**凪のお暇**』がすごく良かったです。夏が来るたびに見たいドラマです。映画はルカ・グァダニーノ監督の『**チャレンジャーズ**』が衝撃的に良かったです。『**アイ,トーニャ 史上最大のスキャンダル**』もお気に入りの映画です。

Q58

現在、続きを楽しみにしている作品はありますか?

『ゲーム・オブ・スローンズ』の原作の結末が気になります。ドラマの結末はとても受け入れられません。原作の結末が大きく違っていたらいいなと思います。ジョージ・R・R・マーティンさんがどのくらい制作に関わられたのかお尋ねしてみたい気分です。

Q59

好きな音楽のジャンルはありますか? おすすめの曲があれば教えてください。

音楽のジャンルについて深い理解がある方ではないと思います。好みということもなく、あれこれ聴くタイプです。ここ最近で一番印象深かった曲は**ヒョゴ（HYUKOH）**と**Sunset Rollercoaster**が一緒に歌っている**「Young Man」**でした。

Q60

好きな韓国のアーティストはいますか?

キム・ユナさんがすごく好きです。10代の頃から好きで、40代になった今もその頃よりも、もっともっともっと好きです。書かれる歌詞の素晴らしさにずっと感動してきました。よく口ずさむ歌は**「シャイニング」「春の日は過ぎゆく」**です。

Q61

好きな日本のアーティストはいますか?

偶然**imase**さんの**「NIGHT DANCER」**を聴いたのですが爽やかな感じがよかったです。気に入った歌の歌詞をすぐに理解できるくらいに日本語を勉強してみたくなりました。

Q62

好きなアニメはありますか?

『スター・ウォーズ：ビジョンズ』シリーズが好きです。光栄にもシーズン2のエピソード5にスタジオミールと一緒に参加できました。長くないのでご覧になっていただけたらうれしいです。最近好きになったシリーズは**『葬送のフリーレン』**です。泣きそうになりながら観ています。

Q63

私はIVEのアン・ユジンさんのファンで、「I'VE SUMMER FILM」がきっかけでチョン・セランさんの作品を読み始めました。好きなIVEの楽曲はありますか?

私ももともと好きだったのでプロジェクトに参加しましたが、それ以来ますますIVEにドハマりしています。「Heroine」が仕事をするときにちょうどよくて、よく聴いています! それから、今回「Accendio」のミュージックビデオでIVEのメンバーたちの演技が素敵だったので、いつか俳優としても活動してくれたらいいなと思いました。

Q64

新作を読むたびにチョン・セランさんの頭の中をのぞいてみたくなります。セランさんの頭の中は何が何%ずつ占めていますか?

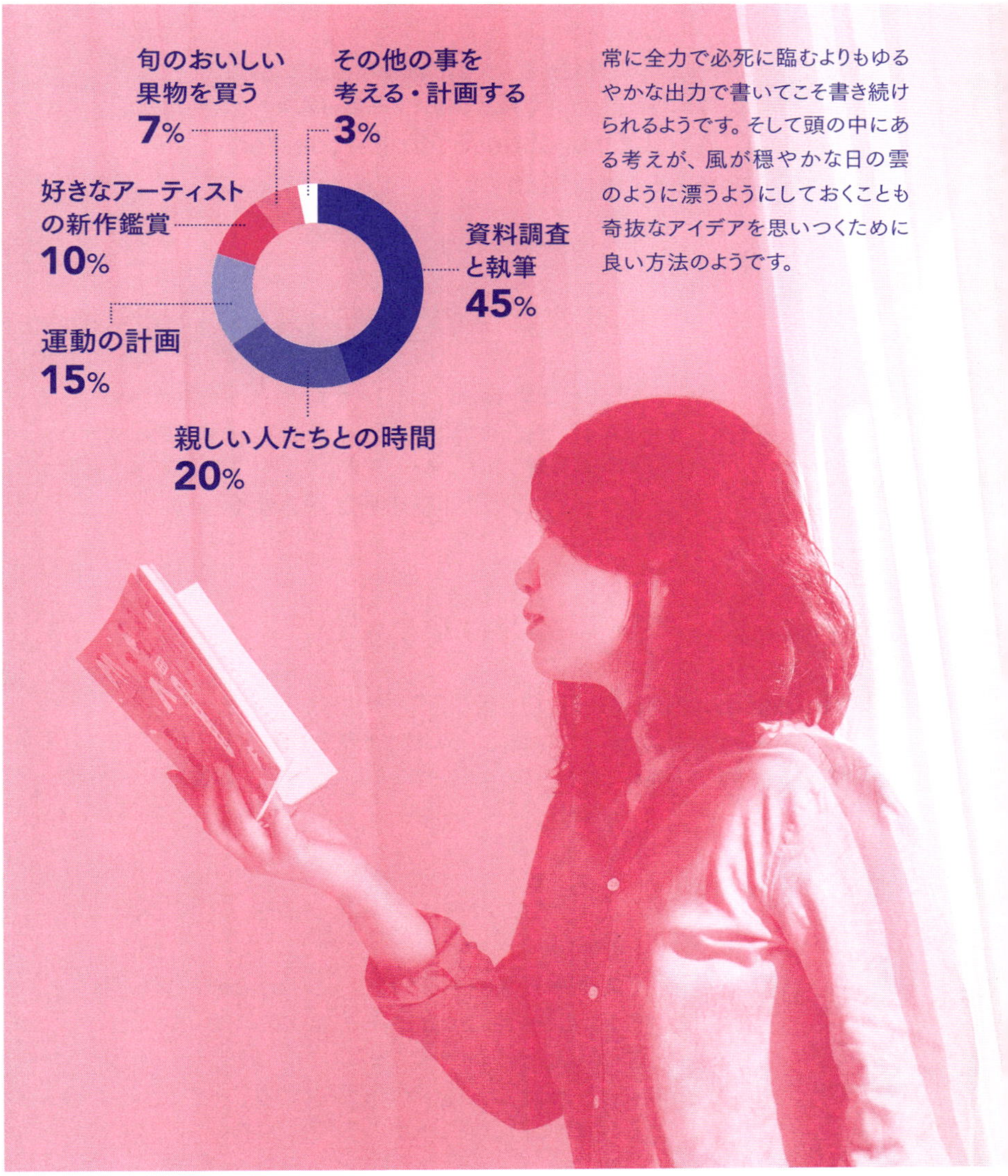

常に全力で必死に臨むよりもゆるやかな出力で書いてこそ書き続けられるようです。そして頭の中にある考えが、風が穏やかな日の雲のように漂うようにしておくことも奇抜なアイデアを思いつくために良い方法のようです。

Q65

MBTIを教えてください。

ENTJです。初めて知ったときは驚きました。私の小説の主人公たちが、すごくENTJのように行動するんですよ。人が好きで、変な方向にぐんぐん走っていくという点で。これからはもっと他のタイプのキャラクターをつくらないといけないなと思わせられました。

Q66

『シソンから、』はハワイが舞台ですが、おすすめの旅行先や旅行してみて好きだった国はありますか?

マレーシアとシンガポールに短い旅行をしたことがあるのですが、サンバルソースがとても印象に残りました。まだ韓国ではあの味に再会できていません。お餅のクエもおいしかったです。韓国餅のトックよりやわらかくて香りも違って、次に行ったら思う存分食べてみたいです。食べ物に対して好奇心が湧いたら他の部分ももっと知りたくなるという点で、食は強烈な経験のようです。

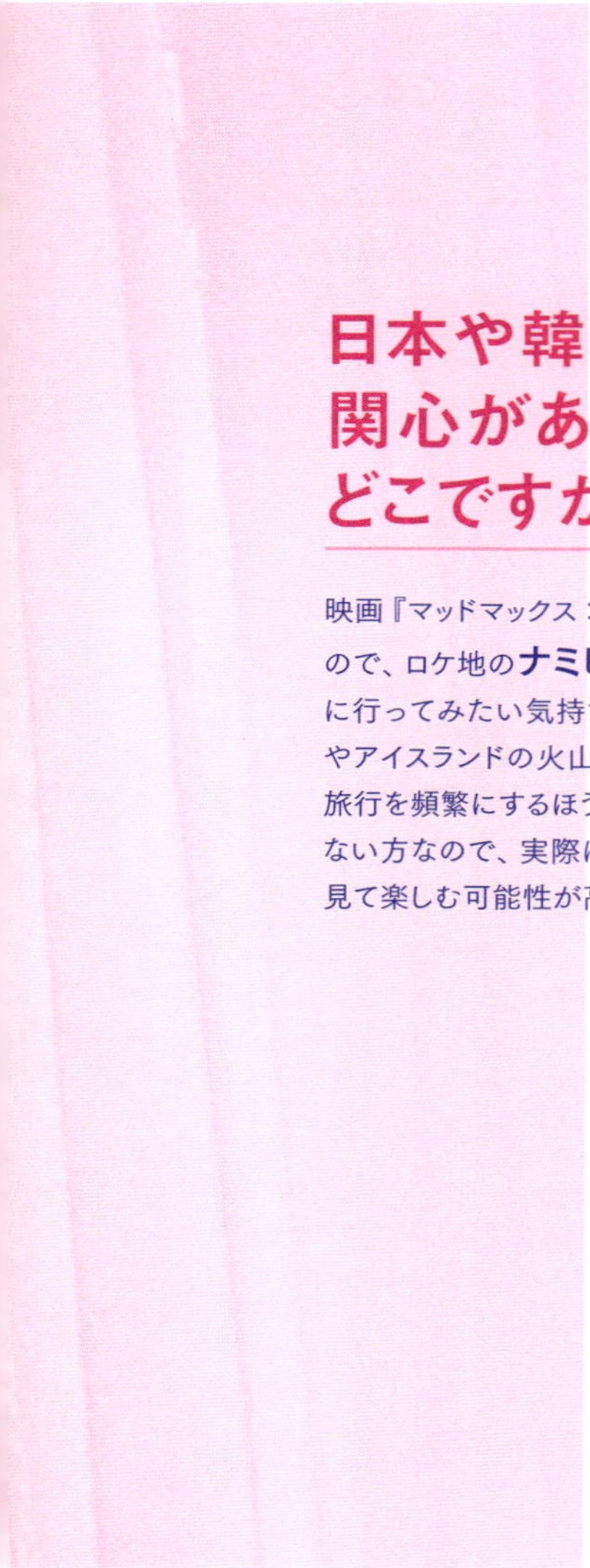

Q67

日本や韓国以外の国で関心があるところはどこですか?

映画『マッドマックス：フュリオサ』がとても印象深かったので、ロケ地の**ナミビアとオーストラリアの砂漠**に行ってみたい気持ちがあります。ヨルダンの赤い砂漠やアイスランドの火山もこの目で見てみたいです。でも、旅行を頻繁にするほうではありませんし、旅行欲もあまりない方なので、実際に行ってみるよりドキュメンタリーを見て楽しむ可能性が高そうです。

Q68

収集しているものはありますか?

道で見つけた落とし物の写真を集めています。収集とは言っても場所はとりません。Instagram（@serang_c）にときどき、いろいろとテーマを決めて載せています。物の形とか色合いなんかで仕分けをするときに面白さを感じています。

©Melmel Chung

Q69

アウトドア派ですか？
インドア派ですか？

シュノーケリングが好きなのですがキャンプはあまり好きではありません。体の裏側が日焼けしてしまうまで海で泳いでいますが、夜はコンクリートの建物で寝るのでアウトドア派だと言う自信はありませんね。山登りよりも屋内でのクライミングが好きですし。**アウトドアとインドアの境にいます。**

Q70

犬派ですか？
猫派ですか？

どちらも好きですが家族の中に猫がいるので**猫との方が仲良し**ですね。いつか犬とも仲良くなりたいです。友達の愛犬と散歩する機会が訪れたら断りません。

Q71

コーヒー派ですか？
お茶派ですか？

どちらもすごく好きなのですが、コーヒーは少し前に胃炎と診断されたので少し控えめにしています。残念です。**お茶の種類では緑茶が好き**です。お茶の産地に旅行に行ったらティーバッグではなく大きな筒を買って帰ったりします。日本では宇治に行ったときの抹茶の定食が素晴らしかったです。

Q72

ショートケーキのいちごは
最初に食べますか？
最後にとっておきますか？

おいしいところを最後に食べるのが好きなタイプだと思います。その方がおいしい記憶が長く続くからです。

Q73

お酒は飲みますか？
ビール派ですか？
焼酎派ですか？

ワイン派です。ジョセフ・フェルプスのワインが好きです。ですが、たくさんは飲めなくて、2、3杯程度です。去年はハイボールを初めて飲んだのですがハイボールもおいしかったです

Q74

「これがあると気持ちよく
日々の生活が営める」という
ものはありますか？

猫です。母が猫を飼っていて、**名前はコンイ**［コンは韓国語で豆の意味］。コンイに頻繁に会うと不安とストレスが和らぎます。「コンイ」は韓国ではかなりよくあるペットの名前なのですが、三毛猫だからコントッ［豆餅］みたいで、他の名前が似合わなかったんです。玄関のドアを開ける前から足音を聞きつけてお迎えに出て来てくれる優しい子です。

Q75

生活している中で気をつけていることはありますか?

サンダルを履く日は公共の乗り物に乗るときに足を踏まれないか緊張します。いつだったか強く踏まれたことがあって、痛みとあざがしばらく続いたことがあったんです。それで**サンダルを買うときにはなるべく足の指が隠れるデザインを選びます。**少し気の小さいお答えになってしまって恥ずかしいです。**日焼け止めを選ぶときはサンゴに良くない成分が入っていないものを慎重に選びます。**シュノーケリングが好きなのでサンゴが元気にたくさん育ってくれたらいいなと思っています。

Q76

"推し"はいますか?

K-POPアーティストを広範囲に愛する究極のオルペン［特定のメンバーのファンではなくグループ全体が好きなファン］なので、推しのことが好きでグループ内の他のメンバーを憎む心理だけは永遠に理解できないと思います。好きになったメンバーの隣のメンバーも、じわじわと染まっていくようにして好きになってしまいます。作家さんに対しても同じなので、好きな作家が好きだと引用している作家のものまで読むタイプです。でも、一人だけ選ぶとしたら、**スティーヴン・キング**だと思います。いつまでもお元気で、長生きしてほしいです。

Q77

一番好きな韓国料理は何ですか?

伝統菓子の薬菓《ヤックァ》です。本当に美味しいですが、油っこいお菓子なので健康にはよくありませんよね。だから頻繁には食べずにぐっと我慢して、ときどき食べます。おいしいお店とそうでないところの差が激しいので、満を持して食べるときには間違いのない有名店のものを食べたくなります。

Q78

発音が好きな韓国語はなんですか? 言葉の意味は関係なく、音が魅力的に感じるものを教えてください。

「**몹《モプ》시《シ》**［意味：非常に］」という単語が最近とても好きになりました。頻繁に使える単語ではありませんが一度使われたら強調の意味がよく伝わります。「옷깃《オッキッ》［意味：襟］」も発音が素敵だと思います。書いたときの形も魅力的ですし。韓国語の慣用句に「옷깃만《オッキンマン》 스쳐도《スチョド》 인연《イニョン》［直訳：襟だけかすめても縁］」という言葉があるのですが日本語にもありますか?　襟がかすかに触れる場面を思い浮かべると、とても劇的だなと思います。

Q79 好きな日本語はありますか？

「**ずっと**」が語感も意味もよく通じる感じがして好きです。それからいろいろな単語の前に「**お**」を付けて柔らかく丁寧にする語法自体がとても興味深いと思いました。「**とにかく（兎に角）**」も好きです。うさぎの角だなんて、初めて聞いたとき、そんな強烈なイメージの言葉を日常生活で簡単に使うのが不思議で面白いなと思いました。

Q80 最近、心に残ったフレーズや気に入った一文はありますか？

「**私は惹かれないものには絶対に振り回されない**」というIVEの「Kitsch」**の歌詞**を座右の銘のように思っています。「**私の過ぎ去った日々は目を覚ましたら忘れる夢**」という**NewJeansの「Hype Boy」**の歌詞もよく思い出します。歌詞《ことば》の圧縮性に魅了されるのですが、長い物語は発散と拡張になるため言葉の扱い方が違うので、反対の方向に惹かれるようです。

Q81 最近、うれしかったことはありましたか？

姪が最近流行っているというチョコレートを送ってくれてうれしかったです。大事に食べています。夏にシュノーケリングに行ったのですが**水の中で20メートル先が見えるくらい視野の良い日**でした。そのときもうれしかったですね。**済州島産の柑橘「黄金香《ファングムヒャン》**［日本名：紅まどんな］」**を買って、香りと味がすごく良くて幸せ**になった日もありました。調べてみたら「黄金香」はもともと日本で交配した品種だそうですが、よく召しあがるのか気になります。

Q82 最近、怒ったことはありますか？

はい。同僚の作家たちと一緒に仕事をしたにもかかわらず、あやうく報酬がもらえないところだったことがあって、そのときはとても腹が立ちました。かなり長々とメールに綴って解決しました。仕事として冷静に腹を立てなければと警戒しながら書いたことを思い出します。私もこの道15年目なので、私がきちんと抗議しなければ不当なことが繰り返されてしまいますから。毅然としなければならないときは毅然とした態度をとるべきではないかと思います。

Q83 SNSはどんなふうに活用していますか?

ときどき新刊情報やイベント案内をシェアしたりもしますが、月に１度か２度くらいです。**興味のあるテーマについて調べることに使う**ことの方が多いです。訪れて良かった博物館や美術館、鳥類の保護団体やバードウォッチャー、違う分野のアーティスト、環境・科学・歴史の分野の情報キュレーターをたくさんフォローしています。

Q84 よくInstagramに街中の落とし物を投稿されていますが、どんなタイミングで見つけられるのですか? そこから何か発想を得ることもあるのでしょうか?

すごく急いでいるとき以外はいつも見つけていると思います。人が不注意になる瞬間を想像してみたら親しみを感じられて、具体的な想像をする訓練にもなります。基本的には遊びに近い収集です。また、私の職業柄、読者の皆さんにいつも「読んでください」「ご覧ください」と言って時間と関心を要求してしまいますが、Instagramのあの写真だけは何も要求せず一緒に笑える時間になることを願っています。

Q85 2023年、もしくは2024年上半期で買ってよかったもの、愛用したものBEST3が知りたいです!

ロボット掃除機がびっくりするくらい良い仕事をして執筆時間を増やしてくれました。賢いのなんのって床にある物を上手に避けるし、空間を分けて順序よくささっとこなすんですよ。雑巾がけまで私よりきれいにやってくれます。家族の猫のためにいろいろな動き方をする**ネズミのおもちゃ**を買ったのも、猫が飽きずに遊ぶので満足しています。それからずっと買いたかった**陶磁器ブランドで器**をいくつか買ったのですが、軽い上に色も気に入って、ウキウキしながら使っています。

Q86 気持ちが落ち込んだり、悲しいことがあったときはどうしていますか?

大変なことがあった日はすぐに寝ないで、**寝る時間を何時間か遅らせて簡単なパズルゲームをして注意を分散させる**とネガティブな記憶を弱くすることができるという記事を読んだことがあります。それで何回かやってみたら本当に効果があるようでした。ネガティブな情報と感情を鈍化させるのには相当な努力が必要なようです。もっと良い方法を知ったときにはまたお伝えしますね。

About エトセトラ

Q87

私はチョン・セランさんの作品とその言葉にたびたび勇気づけられているのですが、津村記久子さんとの対談で「絶望はしません」とおっしゃっていたことが心に残っています。数年を経て、その考えに変化などはありますか？

今でも難しいですが、楽観を持とうと努力しています。少し前に小説用に資料調査をしていて1500年前の船にも甲板の下に隔壁があったことを知りました。一か所に水が入っても船が沈まないように区画が分けられていたんです。心にもそんな隔壁が必要だと思います。だから仮想の区画を作って、良いニュースと悪いニュースを別々に入れています。一緒に入れると悪いニュースが良いニュースを汚染する傾向があるからです。

Q88

『フィフティ・ピープル』を読んだときに「見えないけれど存在する繋がり」が描かれていて、「チョン・セランさんはそれを同時に見る・感じることができるなんて、神様の視点みたいだな」と思いました。宗教的な意味でなく、神様のような全能の存在があるとしたら、それはどんな形で、どんな色で、どんな匂いだと思いますか？　動きますか？　小さいですか？

目に見えないけれど果てしなく止まらない流れに近い存在、なのではないかと思います。ジェット気流と似ているでしょうか。ふとテッド・チャンの『息吹』が思い浮かびました。人造人間の頭の中の気圧差についてのその小説を読んで、魂についてこんなふうにも書くことができるのだなあと感心した記憶があります。

Q89

家父長制の強い韓国や日本でジェンダーロールの軛《くびき》から解き放たれるには、女たちには何が必要でしょうか？　革命？　やっぱり連帯でしょうか？

何よりも根気が必要だと思います。望む世界が自分の生きている間に訪れないとしても、次の世代のために止まるまいとする意思です。ところが女性の努力と戦いは簡単に忘れられる傾向にありませんか？　ほんの10年前のことも歪曲されたり縮小されたりするのを目の当たりにします。その「消そうとする力」まで覚悟していなければならないようです。それでも、次の世代の女性たちが過去の女性達の名前から泥をはたき落として再び発見してくれるだろうと信じる気持ちも持っています。

Q90

最近、職場で男性が多い部署に異動になりました。女だからという理由で見下されていると感じることがとても多いです。何よりイラっとするのが私だけ呼び捨てで呼ばれることで、ささいなことですがすごくストレスです。そんな私が職場で週5日やり過ごせるようなアドバイスをお願いできたらうれしいです。

Q91

環境問題についてどう考えますか？　この先、人類はどのようにしていくべきだと思いますか？

私はアジアの伝統的なミニマリズム、現代でも続いているミニマリズムが環境問題の解決の核心になるのではないかと思っています。持たないこと、欲望を暴走させず手綱を締めること、余白の美しさを感じることが過剰生産・過剰消費の正反対にありますから。環境問題はとても広い領域の問題なので、大局を変えることのできる文化的なアプローチが必要だと思っています。

Q92

もし“チョン・セランカフェ”をつくるなら、そこを訪れるお客さんたちがどんなことを楽しめる空間にしたいですか？

完璧にキュレーションされた本棚と何時間座っていても疲れない読書チェア。でも、その読書チェアがまだ見つけられていません。もしそんな椅子をご存知でしたらぜひ教えてください。どこにもないブレンド茶も開発してみたいです。お茶のブレンディングマスターを招いて季節ごとに変えたいです。韓国の伝統菓子を現代的に解釈したスイーツづくりも夢です。具体的な希望を抱いていたので、お尋ねくださってうれしいです。ありがとうございます。

Q93

執筆以外でこれから挑戦してみたいことはありますか？

前の質問に続きますね！　前の質問で申し上げた空間をブックトークの場所としても運営してみたいです。本の話を思う存分するのにちょうど良い場所ってなかなか無いんです。ブックトークを何度かやってみて観客が70人くらいいるときが一番面白かったです。それと、私はあまりそういうタイプではありませんが作家には内気な人が多いので、トーク前にリラックスできる控室が必要なのではないかと思います。一人でレイアウト図も描いてみたりしています。

Q94

以前のインタビューで「規定できない作家になりたい」とおっしゃっていたのが印象的でした。今のチョン・セランさんは「どんな作家になりたい」「どんな作家でありたい」と思っていますか？

今も同じような目標を持っています。一人の作家を長く見つめていると「お、あの人、今までやったことのないことを試しているな」と思う瞬間ってありませんか？　たとえそれが完璧でなくて失敗に近い結果で終わるとしても、やったことのないことをやってみること、行ったことのない領域に行ってみることは意味のあることだと思います。全ての作家が冒険する必要はないけれど、冒険する作家の中の一人になりたいです。

簡潔に説明してくださったのにもかかわらず、尊重などない無礼な状況が手に取るように分かります。でたらめな部分を指摘したら変えられる人たちでしょうか。話し合いでよくなる人もいれば、さらに恨みを持ってきつく当たってくる人もいるものです。もしも後者なら、頭の中でお葬式をするのはどうですか？　私は変わることも期待できない低劣な人とかち合ったときは、その人のお葬式に冷淡な気持ちで立っている未来を想像することがあります。具体的に想像すると、どうにかしてあの人より長く生き延びたいと思って元気がでます。「あんなことしたんだからいい気味だ。このクズ野郎、誰も哀しまないと思うよ」が、私がいつも思い浮かべる仮想の台詞です。少しでもお役に立てれば幸いです。

About ソウル

Q95

ソウルの好きなところは? 魅力を感じる部分や、いいなと思う側面を教えてください。

古いものと新しいものが意外なかたちでつながっている都市だというところに魅力を感じます。若い世代が王宮の夜間観覧を楽しんでいたり、工業の町にアーティストが入ってきて街のカラーが変わったり、上の世代に好まれていた飲食店が急にまた脚光を浴びたり。急速に現代化が進んだので、ところどころ途切れてしまっている部分があるのではないかと心配になることも少なくなかったのですが、ソウルのこうしたつながりを見ていると、見つけられるべきものは、結局はきちんと見つけられるのだろうな、と希望が持てます。

Q96

ソウルでお気に入りの書店は?

西村《ソチョン》のⒶOnul Books(책방오늘,)が好きです。海外文学が好きなのですが、Onul Booksでは特に読みそびれていた本に出会えることが多かったんです。小さな本屋さんですが、いつも満たされた気持ちになって帰ります。深い呼吸のような愛情が感じられます。素敵な本屋さんが一番多く集まっているのはⒷ延南洞《ヨンナムドン》ではないかと思います。お近くにお出掛けの際は本屋さんもお見逃しなく。

Ⓐ Onul Books《オヌル ブックス》 책방오늘,

2018年9月にオープンし、2023年7月に現在の西村に移転。文学、人文学、芸術、絵本を中心に、大型書店では埋もれてしまっている一冊を新旧問わずキュレーションしている。閉店後の静かな店内で本を選ぶと、参加者の気持ちをピアノの即興演奏で表現してくれる「静かな夜、本とピアノ」などのユニークなイベントや、作家による朗読会を定期的に開催。作家がセレクトした本と著書で構成する「作家の書架」コーナーも設置されている。

住所/ソウル市鍾路区紫霞門路6キル11
電話番号/02-733-7077　営業時間/13:00〜19:00
定休日/なし　Instagram/onulbooks_in_seochon

※2024年10月現在休業中。最新情報はInstagramをご確認ください。

1

2

3

私が思うチョン・セランさんの作品の魅力

『フィフティ・ピープル』の登場人物たちが好きです。彼/彼女らの考えや言葉、行動がお互いを導いていく姿から連帯を感じました。読み終えると、自分の中に小さいけれどまっすぐな力が育っていきます。チョン・セランさんの小説は、まるでこうささやいているようです。「私たちはここにいる。私たちは今、共にある」と。

(Onul Books キム・スジさん)

B 弘大入口駅3番出口の北側に広がる延南洞。「京義線森の道」という公園がランドマークで、周辺の路地に小さなお店や飲食店が集まっている

4

1／入口に並んでいたのはラッピングされた本たち。作品名は伏せられた状態で、紹介文を読んで気に入ったものを選んで購入する
2／一角にはレトロな電話ボックスも。番号を押すと国内外の作家の音声や環境音を聞くことができる
3／「作家の書架」コーナー。撮影時は小説家のキム・ヨンスが選んだ本が並んでいた
4／棚のあちこちに本の中の一節が貼られている。「散歩するような軽い気持ちで、本屋さんでお会いしましょう。思いがけない楽しい出会いがここにありますよ」とスタッフのキム・スジさん

Q97

ソウルでお気に入りの飲食店やカフェは？

Ⓒユミブンキンパが大好きです。堂山《タンサン》、方《パン》背《ベ》、蚕室《チャムシル》にあります。コシレギ［オゴノリ］のキンパが本当においしいです。細い海藻のコシレギがどうやったらあんなにきれいに巻けるのか不思議です。刺激的ではないのに他のどこでも食べたことのない味がします。ユミブンキンパの方背店に行かれるのなら、近くにⒹ太陽《テヤン》コーヒーがあります。コーヒー豆がおいしいことで有名なところですので、そちらも合わせて行かれると動きやすいと思います。

D

オリジナルブレンドのコーヒー豆を使ったドリンクが味わえる「太陽コーヒー」。コーヒーにたっぷりのクリームをのせたアインシュペナー（写真手前）の名店としても知られる

C ユミブンキンパ 方背《パンベ》直営店
유미분김밥 방배 직영점

2004年に開業し現在は2代目が味を引き継ぐ、キンパが人気の粉食《ブンシク》店（軽食店）。キンパや米粉餅のトッポッキといったお米の料理と、ラーメン、タッカンジョン（唐揚げの甘辛ダレ和え）などの小麦粉を使った料理を提供することから有米粉《ユミブン》キンパと名付けられた。また、遊味分《ユミブン》＝味を分け合いながら楽しむ、という意味も込められている。

住所／ソウル市瑞草区方背路28キル7
電話番号／0507-1471-1192
営業時間／10：30～14：30、16：00～20：30（LO20：00）、
土・日曜10：30～15：00、16：30～20：30（LO20：00）
定休日／月曜
Instagram／youmeboon

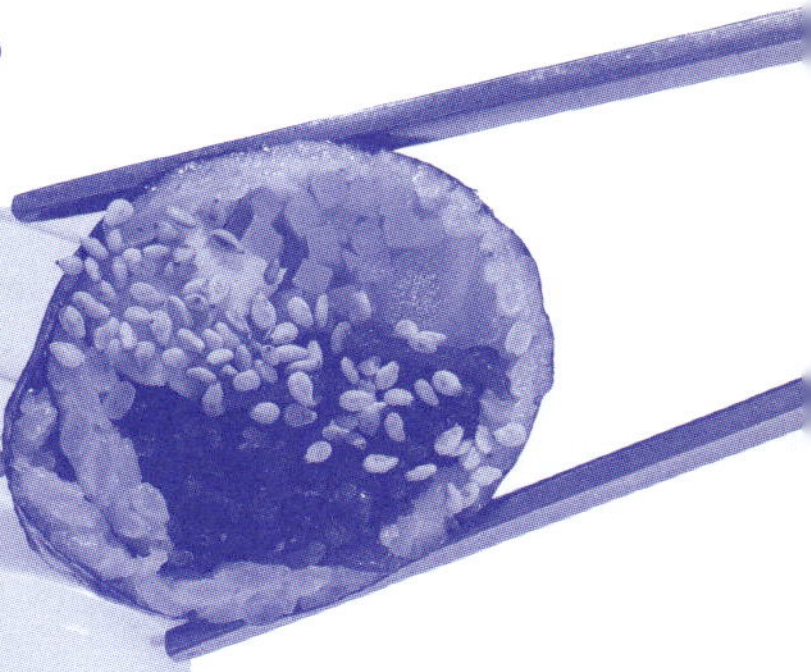

コリコリした食感が楽しいコシレギキンパ5,500ウォン。全羅南道高興（コフン）出身で幼い頃から海藻に親しんできた初代が、海苔以外の海藻もキンパに活用したいと研究の末に誕生した

Q98

ソウルでよく行くギャラリーや インスピレーションを受ける場所は？

E国立現代美術館とFソウル市立美術館は季節ごとに訪れています。それからG SONGEUN《ソンウン》は何度か行っていますが、行くたびに大きなインスピレーションを受けています。展示もいつも素晴らしくて、建物自体も素敵なんですよ。ギャラリーは現代美術館の近くや漢南洞《ハンナムドン》に密集しているので、天気のいい日はギャラリー巡りをしたりします。

MMCA Seoul ©Park Jung Hoon

E 国立現代美術館
국립현대미술관

さまざまなジャンルの現代美術を展示。ソウル館、果川《クァチョン》館、徳寿宮《トゥスグン》館、清州《チョンジュ》館があり、2013年に開館したソウル館は韓国の伝統的な空間概念であるマダン（中庭）を建築に取り入れている。

住所／ソウル市鍾路区三清路30
電話番号／02-3701-9500
開館時間／10：00～18：00、水・土曜～21：00
休館日／1月1日、旧正月、秋夕
URL／www.mmca.go.kr

© Kim YongKwan

F ソウル市立美術館
서울시립미술관

西小門《ソソムン》本館は、ルネサンス様式の旧最高裁判所と現代建築を組み合わせてつくられた趣ある外観が特徴。6つの展示室があり、常設展示室では韓国を代表する画家、千鏡子《チョンギョンジャ》の作品を展示している。

住所／ソウル市中区徳寿宮キル61
電話番号／02-2124-8800
開館時間／火～金曜10：00～20：00、
土・日曜、祝日（3～10月）～19：00
土・日曜、祝日（11～2月）～18：00
休館日／1月1日、月曜（祝日の場合、翌日休館）
URL／sema.seoul.go.kr

G SONGEUN《ソンウン》
송은

SONGEUNは隠れた松の木を表す「松隠《ソンウン》」を意味し、新進気鋭の若手作家の作品展示を行っている。シャープな形状が印象的な建物は、世界的な建築家ユニット、ヘルツォーグ＆ド・ムーロンが設計を手掛けた。

住所／ソウル市江南区島山大路441
電話番号／02-3448-0100
開館時間／11：00～18：30
※観覧は要予約
休館日／日曜、祝日
URL／songeun.or.kr

© SONGEUN Art and Cultural Foundation and the Artists. All rights reserved. ©Iwan Baan

© SONGEUN Art and Cultural Foundation and the Artists. All rights reserved. ©STUDIO JAYBEE

Q99

ソウルで好きなエリアは?

望遠洞《マンウォンドン》と聖水洞《ソンスドン》が好きです。面白いお店が多いからということもありますが、親しい人たちとよく集まるエリアなので思い出が積もってさらに好きになりました。ジェントリフィケーションを阻止して、ソウルの個性溢れるさまざまな地域が活気を失わなければいいなと思います。東京も訪れるたびに新しくて、行きたいところが絶えません。いま、11月に行ってみたいところリストを書いているのですが、だんだん長くなっています。

1

H 清雲《チョンウン》文学図書館

청운문학도서관

仁王山《イヌァンサン》の森の中にたたずむ、美しい韓屋を備えた図書館。コンクリート造りの地下階には一般的な図書資料室があり、そこで借りた本を地上階の韓屋の閲覧室で読むことができる。周辺には散策にも最適な清雲公園や韓国の国民的な詩人、尹東柱《ユンドンジュ》の記念館もある。

住所／ソウル市鍾路区紫霞門路36キル40
電話番号／070-4680-4032
開館時間／10：00～21：00、土・日曜、祝日～19：00
（韓屋閲覧室10：00～18：00）
休館日／月曜、1月1日、旧正月連休、秋夕連休
URL／www.jfac.or.kr

2

3

4

1／敷地内に小さな滝があり、東屋から望むことができる
2／韓屋造りの建物は周囲の自然にも調和している
3／自由に利用できる韓屋の閲覧室
4／チョン・セランさんの作品も書架に並ぶ

Q100

ソウルで本を読むのにおすすめのスポットは?

ソウルの森［聖水洞にある公園］の木陰。レジャーシートやアウトドア用の椅子をレンタルなさるとさらに快適だと思います。鍾《チョン》路《ノ》区の H 清《チョン》雲《ウン》文学図書館もおすすめします。とても美しい図書館なのですが、建物が伝統の韓屋で冬だと少し寒いかもしれませんので寒くない季節に行かれてください。瑞《ソ》草《チョ》区の I 方《パン》背《ベ》森《スプ》環境図書館も規模は大きくありませんが良い本が多くて、本を読んだ後は森を軽く散歩するのに良いのでおすすめします。

I 方《パン》背《ベ》森《スプ》環境図書館
방배숲환경도서관

環境に特化した図書館として2023年に開館。芝生が茂る中庭をぐるりと囲むように設計され、明るく開放的な雰囲気の中、自然を感じながら読書ができる。館内にはカフェを併設。乳幼児や子供向けの空間も充実していて、幅広い年齢層が利用している。

住所／ソウル市瑞草区瑞草大路160-7
電話番号／02-537-6001
開館時間／9：00～22：00、土・日曜～18：00
休館日／金曜、祝日
URL／forest.seocholib.or.kr

1 3

2

1／書架をはじめ丸みを帯びたデザインがやわらかい印象を与える館内。各閲覧室がシームレスにつながっている
2／児童書や絵本が並ぶ子供向けの閲覧室
3／屋上も開放されている

※P.24-35に掲載されている各スポットのデータは2024年10月現在のものです。内容が変更される場合がありますので、訪問の際は必ず事前にご確認ください。

\ ちぇっくCHECK⁺エディターが選ぶ /

ソウルのおすすめ BOOKスポット6選

大型書店はもちろん、「独立書店」と呼ばれる個人が経営する小さな本屋さん、ブックカフェ、図書館など、本を楽しめるスポットが街中にあふれるソウル。ここでは数あるBOOKスポットの中から、旅行中に立ち寄るのにぴったりな選りすぐりの6スポットをご紹介します。

取材・文・写真：omo!（後藤涼子、土田理奈）　協力：イ・シホ

1 최인아책방《チェイナチェㇰパン》

チェ・イナ書房

オーナーは韓国の大手広告代理店・第一企画の元副社長チェ・イナ氏。チェ氏は長年コピーライターやクリエイティブディレクターとして業界の第一線で活躍し、1998年にはカンヌ国際広告祭の審査員を務めたことも。29年間の勤務を経て2012年に退職し、その後は大学院で西洋史を学んでいたが、「まだまだ自分が持っているものを使って世の中に貢献したい」との思いから、2016年に自身の名を冠した書店をオープンした。昼夜を問わず仕事をすることが多かった会社員時代、たまの休みに読書をすることで心が満たされたというチェ氏。現代はSNSや動画コンテンツなどがあふれ、本離れが叫ばれるが、「人は悩みがあると本を開く」という点に着想を得て、おすすめの本を「30歳を過ぎて思春期を迎えている彷徨う魂たちへ」「悩みが深まる40代へ」「お金がすべてじゃない、“いい人生”を歩みたい」といった12のテーマに沿って分類。コピーライターとしての才能が光るユニークなキャッチコピーと、仕事や日常の「悩み」に寄り添ったキュレーションが反響を呼んでいる。選書の基準は、「これからの時代に最も重要な資産となる『考える力』を奮い立たせ、引き出すことができる本」。マネージャーのペク・ジョンミンさんは、チェ・イナ書房の思いについて、「今は『知ること』が力だった時代が過ぎ、『思考』が力になる時代になりました。私たちが生きる世界も、もはやこれまでのやり方が通用しない未知の世界へと進んでいます。パソコンで例えるなら、新しいOSが必要になったということでしょうか？新しい世界を生きていくための新たな力、つまりは、想像力、創造力、あるいは企画力、問題解決力といった、考える力がこれまで以上に必要になっています」と話す。その上で、思い描くのは「様々な考えが入り交じり、深く多様な『思考の森』を成す光景」。店では本のキュレーション・販売はもちろん、ブックトーク、クラシックコンサート、心の相談会など多彩なプログラムを実施し、悩みや解決策を分かち合う「思考の森づくり」にも取り組んでいる。「本こそ考える力を育てられる最良のコンテンツであるというのが私たちの信念です。その信念をもとにこれからも良い本を選び、良い空間を作り、皆さんに届けられたらと思っています」（ペク・ジョンミンさん）。

1

2

3

4

1／文学、心理、科学、ビジネス、絵本などさまざまなテーマの本が揃う。2020年には駅三（ヨクサム）駅直結の江南ファイナンスセンタービルに2店舗目となるGFC店をオープンした

2／悩みに寄り添い、12のテーマに沿って本を分類している推薦書の書架。本によっては先に読んだ「先輩」による推薦理由が書かれたブックカードが挟まれていることも

3／推薦書だけでなく他の本もテーマ別に陳列。店内にはクラシックピアノが置かれ、お店でクラシックコンサートが開かれることも。取材時に店員さんが演奏をしていた

4／2階は購入した本を読める空間になっている。カウンターでドリンクを注文してのんびり読書を楽しむ利用客の姿も

お店を訪れる方へのメッセージ

仕事や人間関係、生き方についてなど、いろんなことに悩まされているときには、書店に「答え」を探しに来てみてください。チェ・イナ書房ではキュレーション書架のほかに、ブックトークやコンサート、論語、西洋芸術史、英語小説を読むクラスなど、さまざまなプログラムを定期的に開催しています。人生を築いていくために欠かせない力と筋肉を養い、向かっていきたい方向を探し、バランスを保つために必要な知識や洞察に出合うことができるはず！　（マネージャー、ペク・ジョンミンさん）

My Favorite
Chung Serang

好きなチョン・セランさんの作品は？

『ソル・ジャウン、金城に帰る』

長編でありながら連作短編集のような構成で、1000年前、この地に住んでいたソル・ジャウンとモク・インゴンを主人公に奇妙な事件が絡み合っていく歴史ミステリー小説です。私たちのキュレーションテーマの中には「集中できないときは小説が一番！」というものがあるのですが、この本はまさにそのテーマにぴったり！　いったん読み始めたら、夜が更けても止められないほど夢中になってしまいます。SNSやYouTubeなどの影響で、集中力が続かないという方にもおすすめ。本を開いたら3～4時間ほどは読み続けてしまうはずです！

（マネージャー、ペク・ジョンミンさん）

BOOK SPOT DATA

住所／ソウル市江南区宣陵路521 4F
電話番号／02-2088-7330
営業時間／12：00~19：00
定休日／金曜、祝日
アクセス／地下鉄2号線、水仁・盆唐線宣陵（ソンヌン）駅7番出口から徒歩2分
Instagram／inabooks
YouTubeチャンネル／https://www.youtube.com/@inabooks/videos

2 공간과몰입

コンガンクァモリプ

空間過没入

演劇の街としても知られる大学路《テハンノ》にある小さな独立書店。店名の由来は、「店を訪れる人がこの空間で本に没頭できるように」という思いから。韓国では一つの対象に深くのめり込んでいる状態を“過没入”と表現するが、店では「何らかの対象に“過没入”して作られた出版物」を中心に紹介。iPhoneのメモを集めた『iPhoneメモで作った本』、しゃぶしゃぶ店の娘が手がけたしゃぶしゃぶへの愛があふれる『しゃぶしゃぶ好み辞典』、趣味で作ったいろがみの作品を集めた『いろがみと考えを切り抜いた絵のコレクション』など、チャーミングで独創的な本が並ぶ。「作り手の個性がにじみ出る本が好きなんです。些細でも、荒削りでも、その人だけが語れることについて綴られたものが一番です」（店主、イ・ソンヨンさん）。

1／2022年にオープン。6坪に満たない小さな空間
2／チョン・セランの『ソル・ジャウン、金城に帰る』『声をあげます』の原書も並んでいた
3／壁には利用客が「過没入しているもの」を記入した芳名録代わりメモがびっしり
4／カフェや雑貨店が並ぶ坂の途中にある
5／購入した本に添えてくれる読書カードもキュート！

好きなチョン・セランさんの作品は？

『フィフティ・ピープル』

中学生のときに『フィフティ・ピープル』を通してチョン・セランさんを知り、すぐにファンになりました。チョン・セランさんは鳥を愛し、道に落ちたものを観察するほど世の中を愛し、小さなものを大切にされています。『フィフティ・ピープル』も、登場するキャラクターへの愛がたくさんつまっていて、疾風怒濤の思春期にも人類をほんの少し愛せるようになりました。チョン・セランさんの作品にはほどよいウィットがあり、読んでいるあいだずっと楽しく、読んだあとにはしばらくその世界から離れられなくなるような魅力があります。なんだか憎もうとしても憎めないキャラクターばかりで、みんなと友達になりたくなってしまうんです。（店主、イ・ソンヨンさん）

お店を訪れる方へのメッセージ

空間過没入は、小説を書くのが好きな女性とギターを弾くのが好きな男性が一緒に店番をし、運営しています。店番をしている男性がとてもかわいいです^^
私たちは、来てくださるすべての皆さんに、自分が愛し、過没入してしまうものに関する本を作る「クリエイター」になっていただければと思っています。それから、坂の上の登りにくい書店にわざわざお越しいただき感謝しています、ということを必ずお伝えしたいです。（店主、イ・ソンヨンさん）

BOOK SPOT DATA

住所／ソウル市鍾路区洛山キル19
電話番号／010-4963-8097
営業時間／水・金曜19：00～22：00、
土・日曜13：00～19：00
定休日／月・火・木曜
アクセス／地下鉄6号線恵化（ヘファ）駅
2番出口から徒歩6分
Instagram／gggmolip

스틸북스《スティルブクス》 회현《フェヒョン》

STILL BOOKS 会賢

STILL BOOKS会賢があるのは、多くの人で賑わう南大門市場の向かい側の路地。かつて美容室や服飾パターンの請負業者などがあった6階建てのビルをリモデリングし、1～3階が店舗空間となっている。ラインナップは「都市クリエイターにインスピレーションを与える8つのテーマ」を基準に選定。1階はウェルカムセンター、2階は「仕事・暮らし・興・休息」、3階は「都市・建物・自然」というようにフロア別にコンセプトが異なり、それぞれの意図に沿った雑誌や書籍が並ぶ。「一つのテーマの中でもさまざまな視点や趣向を考慮して選び、大型書店ではなかなか見かけない本や、出版から時間が経っていても今改めて読むと新たな気づきを得られる本を提案しています」(STILL BOOKS、マネージャー)。

1・2／ディスプレイの仕方が美しく、ギャラリーのような雰囲気。ゆっくりと本を楽しめるように空間を広くとりあちこちに椅子が置かれている。丸いフォルムが印象的な窓からは南大門市場が見える

3・4／1階には雑誌やローカルクリエイターの雑貨・文具などが並ぶ

5／コワーキングスペースやスモールブランドの店舗が集まる「LOCAL STITCH会賢」の一角に位置

お店を訪れる方へのメッセージ

STILLBOOKSが巣をかける「LOCAL STITCH会賢」には個性豊かな9つのブランドが集まっています。訪問の際には、ぜひそちらも覗いてみてください。STILL BOOKSとはまた違った楽しさとインスピレーションをあたえてくれると思います。

(STILL BOOKS、マネージャー)

BOOK SPOT DATA

住所／ソウル市中区退渓路4キル2
LOCAL STITCH会賢C棟1～3F
電話番号／02-771-8601
営業時間／11：00～21：00
定休日／なし
アクセス／地下鉄6号線会賢(フェヒョン)駅4番出口から徒歩1分
Instagram／still.books

チョン・セランさんの作品の魅力は？　キャラクター

なんといってもチョン・セランさん特有の、ユニークで温かい想像力の中で生まれるキャラクターたちではないでしょうか。SFの世界をよく描かれますが、その中にいるキャラクターがとてもいきいきとしていて、まるで生きているように感じられ、この地球のどこかで暮らしているような気がするんです。私たちが自分の人生を生きていると、ふと友達のことが思い浮かぶ瞬間があるように、ハナやウニョンのことが思い浮かぶことがあります。

(STILL BOOKS、マネージャー)

1／目の前に滝を臨むカウンター席
2／2011年に作られた高さ25m、幅60mの人工滝、弘済瀑布（ホンジェポッポ）。韓国を代表する名門大学・延世大学の裏に広がる鞍山（アンサン）の西側登山口に位置する
3／文学、詩、実用書、外国図書、絵本など、さまざまな本が並ぶ
4／書架にはチョン・セランさんの作品も。取材時は『保健室のアン・ウニョン先生』『地球でハナだけ』『フィフィ・ピープル』の3冊を発見

폭포책방 아름인도서관

ポクポチェクパン アルミンドソグァン

滝書房美しい人図書館

近年フォトスポットしても話題になっている人工の滝・弘済瀑布《ホンジェポッポ》の目の前に位置する小さな図書館。西大門区によって運営される区立図書館の一つとして、2023年9月に開館。環境にやさしい「デジタル特化図書館」を銘打ち、約3100冊の書籍に加え、電子書籍4千冊が閲覧できるタブレットを備えるほか、国会や多数の大学図書館資料の閲覧ができることでも話題に。観光客も、館内にある本を自由に楽しめるようになっている。

BOOK SPOT DATA

住所／ソウル市西大門区延禧路262-24
電話番号／02-3217-0693
開館時間／9：00～19：00
休館日／祝日
アクセス／地下鉄3号線弘済（ホンジェ）駅 3番出口から徒歩22分、タクシーで5分

NEXTエリアとして注目の街

홍제천

ホンジェチョン

北漢山（プッカンサン）を水源とする全長約11kmの小川、弘済川（ホンジェチョン）。近年、川沿いのエリアに、雰囲気のいいカフェやレストランが少しずつ増え始め、注目を集めている。これまでは地元民が行き交うローカルな街だったが、2023年4月に弘済瀑布を臨む「CAFE POKPO（カフェ瀑布）」がオープンしたことで広く知られるように。住む人の暮らしが垣間見えるのどかな雰囲気と、若いオーナーが経営するハイセンスなお店が融合し、なんとも居心地のいい空気が漂っている。弘済駅の駅前、「CAFE POKPO」、おしゃれなカフェや食堂が集まる弘南橋（ホンナムギョ）の周辺と、賑わうスポット同士は少し離れてはいるが、川沿いの遊歩道をお散歩しながら景色を楽しんでいると意外とあっという間。人気エリアの延禧洞（ヨニドン）とも隣接しているので、あわせて訪問するのもおすすめだ。

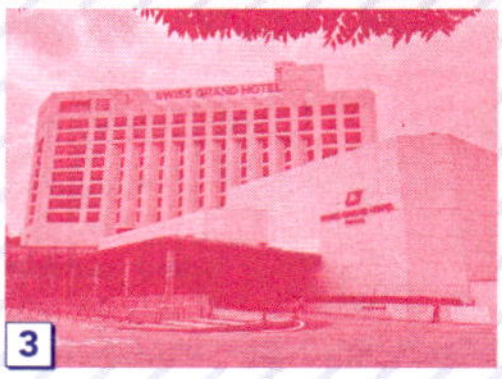

1／“都会のヒーリングスポット”として人気の「CAFE POKPO」。区が運営する公営カフェで収益金は奨学金に役立てられる予定
2／滝をバックに写真が撮れるフォトスポット
3／NCT127やONEW（SHINee）のMVロケ地としても知られるSwiss Grand Hotelもこのエリアにある
4／弘済川エリアの人気カフェ「lodge」のパッピンス（夏季限定）。これ食べに遠方から足を運ぶファンも多い

1・3／テーブルごとに「没頭の島」「内面の島」などテーマがあり、それに沿った本が卓上に置かれている
2／店が位置する話題のエリア・ソスンラギル
4／通りに面したテラス席も人気

5 파이키《パイキ》 FiKee

朝鮮王朝歴代の王や王妃が祀られる世界遺産・宗廟《チョンミョ》。近年、宗廟の石垣沿いに伸びる「ソスンラギル」と呼ばれる通りに、雰囲気のいいカフェやバーが急増し人気を集めている。「FiKee」はそんなソスンラギルに2021年にオープンしたブックカフェ。「読書をすることで本を読む前には見えなかったものが見えるようになる『発見』『探索』の楽しさを伝えたい」と、若いオーナー3人が集まって店を広いた。ドアも窓もガラス張りで開放感があり、美しい石垣を眺めながら本とドリンクをゆっくり味わえる空間になっている。

BOOK SPOT DATA

住所／ソウル市鍾路区ソスンラギル81
電話番号／なし
営業時間／月曜10：00～19：00、
火～日曜10：00～22：00
定休日／第1水曜
アクセス／地下鉄1・3・5号線
鍾路3街（チョンノサムガ）駅
7・8番出口から徒歩5分
Instagram／fikee.seoul

6 북살롱 텍스트북《ブクサルロン テクストゥブク》 BOOK SALON TEXTBOOK

1／オーナーはコンサルティング企業も営んでおり、「人々の心がどこに流れるのかを絶えず研究すること」がキュレーションをする上で重要な役割を果たしているという
2／大きな窓に「踊っているときは、ルールを破ってもいい」という一文が。メアリー・オリバーの詩集からの引用で、「ここを訪れる人々が心の平穏を享受できるように」という思いを込めた
3／窓外の景色を楽しめるよう、ほとんどの椅子が窓を向いている
4／煉瓦造りの建物の2階に位置

2022年8月にオープン。国家公務員として長年働き、大統領府にて広報企画秘書官を務めた経験もあるオーナーが、10年以上にわたり世界中の小さな書店に通いながら育んだ夢を形にした場所だという。店名の由来は複数あるが、オーナーが「TEXTBOOK」というワインが好きであったこともその一つ。「大人の書店として、仕事後にウイスキーやワインを飲みながら会話ができる場所でありたい」と“BOOK SALON”を付け、カフェ＆バーとしても利用できる。

お店を訪れる方へのメッセージ

「BOOK SALON TEXTBOOK」は多様性と偶然が共存する空間です。私たちの願いは、書店を訪れてくださったお客様に「特別な瞬間」を得ていただくこと。一人でも多くの方に本の瞬間、人生の瞬間、経験の瞬間、覚醒の瞬間を得ていただけたなら、これ以上望むことはありません。

BOOK SPOT DATA

住所／ソウル市鍾路区社稷路9キル22 2F
電話番号／02-722-0934
営業時間／10：00～22：00、金曜10：00～23：00、
土・日曜・祝日10：00～21：00
定休日／なし
アクセス／地下鉄3号線景福宮（キョンボックン）駅1番出口から徒歩9分
Instagram／booksalon.textbook

K-BOOK フェスティバル 2024 in Japan

今、話題の“韓国の本”を
「もっと読みたい、もっと知りたい」
という声に応える本のお祭りです。

2024年 **11月23日**（土） 12:00～18:00
※18:30～　BOOK MEETS NEXT連動トークイベント
24日（日） 11:00～18:00

▲公式サイト

オフライン会場	オンライン会場
出版クラブビル （地下鉄神保町駅A5出口すぐ）	YouTube （@k-book4518）

＼＼ 今年のテーマは ／／

활짝 펼쳐라

ひらく

本をひらき、心をひらき、ひろがる未来へ

神田神保町の会場で書籍販売

イベントはYouTubeで生中継

全国の人気書店で「K-BOOKフェア」開催

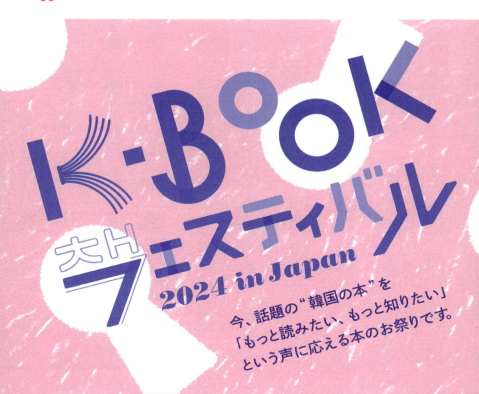

日本語で読めるK-BOOK

「ひらく一冊」

――本をひらき、心をひらき、ひろがる未来へ――

K-BOOKフェスティバルには、今年も国内の出版社35社が出店します。

明石書店、亜紀書房、アスク出版、アストラハウス、岩波書店、NHK出版、大月書店、河出書房新社、かんき出版、クオン、サウザンブックス社、左右社、CCCメディアハウス、集英社、小学館、祥伝社、晶文社、新泉社、新潮社、すばる舎、駿河台出版社、青春出版社、辰巳出版、筑摩書房、TOY Publishing、東洋経済新報社、白水社、HANA、早川書房、原書房、日之出出版、評論社、平凡社、マガジンハウス、葉々社

今年のフェスティバルのテーマ「ひらく（활짝 펼쳐봐!）」に合わせて
各社イチオシの「ひらく一冊」をご紹介します。

매거진 하우스
マガジンハウス

『いつも心は旅の途中』

著者：イ・ビョンリュル
翻訳：張銀英
出版年月：2024年8月
価格：1,650円（税込）

その他のオススメ本

『つかめ！理科ダマン』シリーズ
『ゼロからわかる！
みるみる数字に強くなるマンガ』
『すべての瞬間が君だった』

韓国で100万部超の大ベストセラー、ついに刊行。

読めば、世界への扉がひらく。

読めば、あなたの心がひらく。

世界を旅する愛の詩人イ・ビョンリュルは、140ヵ国以上、多くの都市をめぐりました。カメラを抱えて旅したノルウェー、メキシコ、日本、イタリア、イギリス、フランス、インド、中国、ベトナム、カンボジア、ペルー、ブラジル…目に焼き付けた風景を文章と写真で綴ります。

自由を謳歌、気ままに歩く一人旅。心躍る出会いにワクワク。おどろくようなハプニングの数々。そして、同時に大きな孤独におそわれる。旅することは、孤独になること。旅することは、愛する誰かを思うこと。どんな人生も旅のようなもの。人はいつでも、孤独や不安におそわれながら、愛する誰かを想い、そして歩いていく。

愛に迷ったとき、生きる意味を知りたいとき……この本を開いてください。きっとあなたの心に寄り添う、あなたの物語が見つかります。

사우잔북스샤

サウザンブックス社

『どうぶつえん』

作：スージー・リー
翻訳：松岡礼子、姜汶政
出版年月：2024年3月
価格：1,980円（税込）

その他のオススメ本

『キミのセナカ』

国際アンデルセン賞受賞作家スージー・リーの原点
韓国語絵本デビュー作

ここはふしぎなどうぶつえん。
同じどうぶつえんにいるのに、みんなが見えるものは違うもの！？

挑戦的で実験的な絵本作家として世界的に有名で、邦訳作品に『なみ』『かげ』『せん』などがあり、国内でも人気です。
みんな同じどうぶつえんにいるはずなのに、それぞれ見えるものや聞こえるものは違うものなの？
シンプルな文書と繊細で美しいイラストで、その見事なパラレル・ワールドを表現します。

想像力の豊かさをひらく絵本の登場です。

사유샤

左右社

「これは凄い人が出てきたかもしれない……！」（ライムスター宇多丸さん）
〈李箱文学賞〉優秀賞、〈若い作家賞〉受賞作家による注目のデビュー作が初邦訳！
市場における観客占有率が「0％に向かって」減少の一途をたどっている独立映画をテーマとした表題作ほか、映画のシーンナンバーをつけられた章が散らばる「セルロイドフィルムのための禅」、公務員試験予備校のあつまる鷺《ノ》梁津《リャンジン》を舞台に、勉強はそっちのけで恋と音楽にのめり込む〈俺〉の物語「Soundcloud」など。
独立映画、モータウン・サウンド、HIPHOP……メインストリームから外れたソウルの「B面」へと扉をひらく、7編を収録。

『0％に向かって』

著者：ソ・イジェ
翻訳：原田いず
出版年月：2024年10月
価格：2,640円（税込）

その他のオススメ本

『未婚じゃなくて、非婚です』
『葬いとカメラ』

세이슌출판사

青春出版社

『イ・シウォンの英語大冒険①人称代名詞編』

文：パク・ション
絵：イ・テヨン
監修：シウォンスクール
翻訳：崔樹連
出版年月：2022年1月
価格：1,430円（税込）

韓国の小学生向けの英語学習まんが第1巻。シウォン先生のYES英語塾はチラシを配っても全然生徒が集まらない。そんな塾へある日やってきた、SNS好きのルーシー、自称天才ラッパーのナウ、いつも寡黙なフー。出会ったばかりの彼らは、シウォン先生にふりかかった事件に巻き込まれ、突然、冒険の旅に出発する。到着したそこは「英語ユニバース」という未知の世界だった。果たして、みんな無事に帰ってこられるのか!?　スピーディな展開とワクワクする物語でぐいぐい引き込まれていくうちに、英語に興味がわいてくる!　巻末の英語レッスンページでは、英単語、文法、読む、書く、話すなどの授業がゲームやクイズを交えて楽しく学べ、英語の世界をひらく一冊になっています。1巻で学べるのは「人称代名詞」です。

その他のオススメ本

『BTS：ICONS OF K-POP 史上最高の少年たちの物語』
『韓国ドラマの知りたいこと、ぜんぶ』
『韓国語つぶやきレッスン』
『金魚の雪ちゃん～君がいた奇跡の10か月』

쇼가쿠칸

小学館

『ふしぎな鏡をさがせ』

文：キム・チェリン
絵：イ・ソヨン
翻訳：カン・バンファ
出版年月：2024年7月
価格：1,980円（税込）

〈鏡〉の国への扉をひらき、知的冒険に出かけよう！　美術・科学・数学・工作等、様々な切り口で〈鏡〉の不思議を解き明かしていく、韓国では2020年に科学と創作を融合した優秀作品に選出された冒険物語です。日本語版オリジナルの〈鏡シート〉が巻頭についていて、物語の鍵となる謎解きを実際に体験できます。オールカラーでイラストや図版もたっぷり。イラストはボローニャ国際絵本原画展やブラチスラバ世界絵本原画展などで評価の高い絵本作家イ・ソヨンが担当。
なぜ？　どうして？　どうやって？　と、次々浮かぶ疑問について、読むだけでなく実際に手を動かして体験することができる児童書です。

その他のオススメ本

『不便なコンビニ』（続刊刊行予定）
『そしてパンプキンマンがあらわれた』
『長い長い夜』
『友』

祥伝社《쇼덴샤》

2020年本屋大賞翻訳小説部門第1位『アーモンド』の著者が贈る、すべての人の人生を応援する心温まる物語。失敗しても、また始めればいい。つかんだ藁が浮き輪（チューブ）になって水面に浮かぶまで。一人の力じゃ難しいなら、他の人に応援してもらったらどう?
どこにでもいる平凡な中年男、キム・ソンゴン。仕事にも家族にも運にも見放され、彼はついにこの世に別れを告げる決意をする……が、それさえもあえなく失敗してしまう。この世に舞い戻ったソンゴンが見つけたのは、とある一枚の写真——。そこには若かりし頃の彼が家族とともに写っていた。
何もかも今の自分とは違いすぎることに愕然とした彼は、写真の中の自分を真似てみようと、まずは姿勢矯正から始めることに。そんな取るに足りない小さなチャレンジが、やがてソンゴンの人生を大きく変えていく——。
仕事なし、家族なし、運もなし、ないない尽くしの中年男が、もう一度人生を見つめなおし、道を切りひらいてゆく1冊!

『TUBE』

著者：ソン・ウォンピョン
翻訳：矢島暁子
出版年月：2024年8月
価格：1,870円（税込）

その他のオススメ本

『アーモンド』
『三十の反撃』
『他人の家』
『プリズム』

晶文社《쇼분샤》

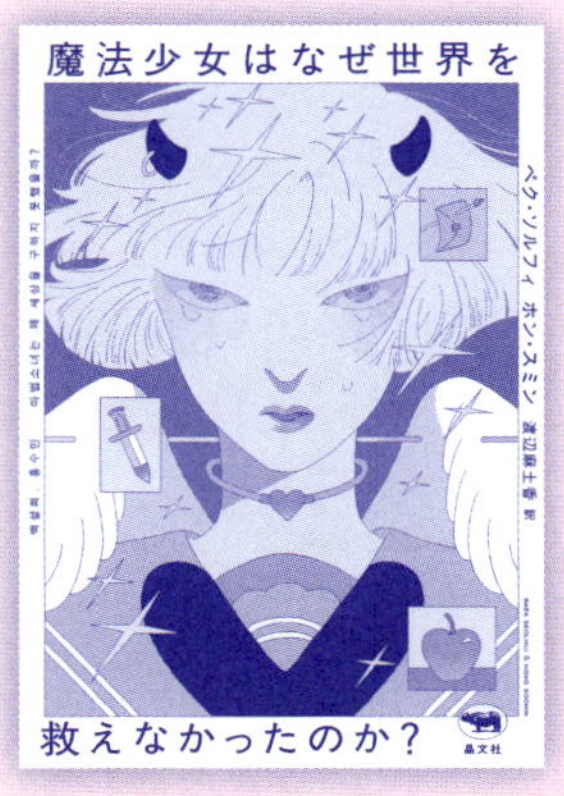

『魔法少女はなぜ世界を救えなかったのか?』

著者：ペク・ソルフィ、ホン・スミン
翻訳：渡辺麻土香
出版年月：2023年11月
価格：1,980円（税込）

魔法戦士に変身して戦う姿は少女に自信を与えるのか、それともミニスカートにハイヒール姿の性役割を植えつけるのか?
少女文化コンテンツがもつ二面性への問いを発端とし、ディズニープリンセス、おもちゃ、外遊び、ゲーム、魔法少女アニメ、文学、K-POPアイドルまで、子どもたちが触れるコンテンツが内包するジレンマ、問題点を洗い出し、次世代の子供たちが大きな夢をひらけるように、始まりから変遷に至るまで多角的に考察する。

その他のオススメ本

『敬愛の心』
『ようこそ、数学クラブへ』
『インフルエンサーのママを告発します』
『コミック・ヘヴンへようこそ』（刊行予定）

슈에이샤

集英社

『ようこそ、ヒュナム洞書店へ』

著者：ファン・ボルム
翻訳：牧野美加
出版年月：2023年9月
価格：2,640円（税込）

本屋大賞翻訳小説部門受賞！　本と書店が人をつなぐ、心温まるベストセラー。

ソウル市内で小さな本屋さんを営むヨンジュは、せっかく夢をかなえたのにどこか浮かない顔をしています。そこへ集まるのは、就活に失敗したアルバイトのバリスタ、夫の愚痴をこぼすコーヒー業者、無気力な高校生ミンチョルとその母など、それぞれに悩みを抱えた人々。どこにでもいるふつうの人々が、本の言葉とともに痛みに向き合い前を向く、そんな物語です。

本書を刊行して以来、「自分のための本だと思った」「こんな書店に通いたい」という声をたくさんいただきました。

ヒュナム洞書店の「ヒュ」は、漢字で書くと「休」。日韓で共通する過労や人間関係の中で疲れた心をやわらげ、ひらいてくれる1冊となるでしょう。

その他のオススメ本

『となりのヨンヒさん』

『毎日読みます』（刊行予定）

스루가다이출판사

駿河台出版社

『わかる韓国語　初級』

著者：丹羽裕美
監修：ひろば語学院
出版年月：2023年4月
価格：2,860円（税込）

その他のオススメ本

『わかる韓国語　初中級』

『ひとりでできる韓国語　中上級』

『4コママンガで学ぶ韓国語』

『波が海のさだめなら』


韓国語への扉をひらくことにはいろいろなきっかけがあると思います。扉をひらいたその先へ進むための大きな手助けとなる一冊です。扉から一歩踏み出せば、文字の読み書きからはじまって、文法を学び、少しずつ相手とコミュニケーションが図れるようになるでしょう。長年、韓国語教育に関わってきた「ひろば語学院」の教材をもとに、体系的に韓国語が学べるよう工夫を重ねてきました。韓国語への扉をひらき、韓国語に自分自身がひらかれる。続編の『わかる韓国語　初中級』と合わせて、自分のペースでどこまでも韓国語を学んでいきましょう。

『成功したオタク日記』

著者：オ・セヨン
翻訳：桑畑優香
出版年月：2024年7月
価格：1,540円（税込）

その他のオススメ本

『ハーフライン』

『セマンティックエラー』

『日本人だからすぐ身につく　韓国語フレーズ』

스바루샤

すばる舎

ある日突然、推しが性加害で犯罪者になってしまった。私は、私たち、いったいこれからどうしたらいいのだろう？　あるK-POPスターの熱狂的なファンだったオ・セヨン（本映画監督／本書著者）は、「推し」に認知されテレビ共演もした「成功したオタク」だった——推しが逮捕されるまでは。

突然「犯罪者のファン」になってしまった彼女はひどく混乱した。受け入れ難いその現実に苦悩し、様々な感情が入り乱れ葛藤した。そして、同じような経験をした友人たちのことを思った。

韓国芸能界を震撼させたスキャンダルを巻き起こした、あるK-POPスターの熱狂的ファンだった22歳の映像作家が記した、愛と葛藤の全記録。「成功したオタク」とは果たして何なのか？　その意味を新たに定義する、連帯と癒しのノンフィクション。

CCC미디어하우스

CCC メディアハウス

『「家女長」、それは一家の生計に責任を持ち、世界をひっくり返す娘たち』。そんな一文から幕を開ける本書は、「家父長制」ではなく、娘が家計を支え、決定権を持つ一家を描いた小説です。家父長の家ではありえないような痛快な革命が続くかと思ったら、家父長が犯したミスを家女長も踏襲したりする。家女長が家の権力を握ってから家族メンバー1に転落した元家父長は、自ら権威を手放すことで可愛くて面白い中年男性として存在感をあらわします。掃除係という自分の仕事に誇りを持ち、片腕にはモップを、もう片腕には掃除機のタトゥーを入れた父。毎日の食事の用意に給料が発生し、これまで以上に重宝される母。家の中で絶妙にバランスを変えていく家族の役割と立場。ユーモアとリスペクトたっぷりに新しい家族の形を提案し、クスクスと笑いながら読めて、凝り固まった価値観をひらいてくれる一冊です。

『29歳、今日から私が家長です。』

著者：イ・スラ
翻訳：清水知佐子
出版年月：2024年4月
価格：1,870円（税込）

その他のオススメ本

『「大人」を解放する30歳からの心理学』
『逆行者』
『作文宿題が30分で書ける！
秘密のハーバード作文』
『女ふたり、暮らしています。』

신센샤

新泉社

『北朝鮮に出勤します
——開城工業団地で働いた一年間』

著者：キム・ミンジュ
翻訳：岡裕美
出版年月：2024年8月
価格：2,200円（税込）

その他のオススメ本

『ロ・ギワンに会った』
『七年の最後』
『イスラーム精肉店』
『目の眩んだ者たちの国家』

毎週月曜の朝、ソウル市内でバスに乗り込み、軍事境界線を越えて北朝鮮に出勤。向かうのは南北経済協力事業で北朝鮮に造成された開城《ケソン》工業団地だ。平日は北の職員たちと“格闘”し、週末は韓国に戻る。
20代の韓国人女性が開城で経験した特別な1年間と、北の人々のありのままの素顔を綴ったノンフィクション。「南北でキムチ交換」「田舎者のような北の軍人、シティボーイのような南の軍人」「北朝鮮歌謡、心に残る人」「一トントラックで休戦ラインを越え結婚式へ！」などユニークで、どこかジーンとするエピソードが満載。

신쵸샤

新潮社

『ハルビン』

著者：キム・フン
翻訳：蓮池薫
出版年月：2024年4月
価格：2,365円（税込）

その他のオススメ本

『この星のソウル』
『奪還』
『北朝鮮　核の資金源：「国連捜査」秘録』
『BEYOND THE STORY ビヨンド・ザ・ストーリー：10-YEAR RECORD OF BTS』

安重根という名前は、日本では伊藤博文を暗殺した男として知られています。韓国では、「抗日の義士」として英雄視されています。国が変われば歴史上の大事件の見方も変わります。ですが、安重根はいったいどんな人間だったのでしょうか？　なぜ凶行に及んだのでしょうか？　そういったことを私たちは知りませんでした。この作品を読むと、居場所を失くし、どんな組織にも属さない彼が、いわば行き当たりばったりにハルビンを目指した旅のありようが、また、彼がそうせざるを得なかった当時の閉塞感がありありと浮かんできます。韓国の歴史小説の第一人者キム・フンは、ひとりの悩める若者が何を考え、極端な行動に出たのかを淡々とした筆致で綴ります。決して価値判断を与えず、英雄視もしない。そんな内容の小説が、韓国で33万部以上のベストセラーとなったことは、日韓の歴史の見方に新たな地平がひらかれたということではないでしょうか。

アスクチュルパン

アスク出版

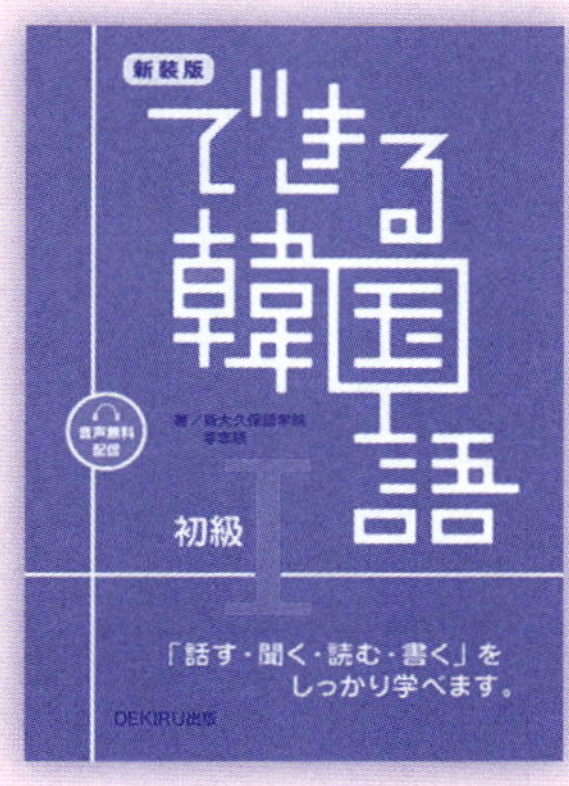

皆様からご支持をいただき、17年連続で「韓国語学習書　日本国内販売シェアNo.1」を継続中です！（2008年11月～2024年8月時点）
ハングルの入門・基礎固めに最適な一冊で、もはや、韓国語入門学習の定番書と言っても過言ではありません。
ワークブックや単語集などシリーズが充実しており、「初級1」→「初級2」→「中級1」→「中級2」とステップアップが可能。動画通信講座（初級は無料のワンポイントレッスンつき）もあり、自宅学習が可能です。ハングルの道を拓く一冊です。

『[音声配信] 新装版
できる韓国語 初級I』

著者：新大久保語学院、李志暎
出版年月：2023年9月
価格：2,200円（税込）

その他のオススメ本

『[音声配信] 新装版 できる韓国語 初級II』

『できる韓国語 中高生の基本編』

『スキマ時間で韓国語レッスン』

『中・上級者の韓国語 [表現編]』

아스트라하우스

アストラハウス

『父のところに行ってきた』

著者：申京淑
翻訳：姜信子、趙倫子
出版年月：2024年4月
価格：2,640円（税込）

その他のオススメ本

『Lの運動靴』

『殺したい子』

『鹿川は糞に塗れて』

『ヘルプ・ミー・シスター』（刊行予定）

世界41カ国で250万部超え！　マン・アジア文学賞受賞の名作『母をお願い』の申京淑の世界がまた一つひらく、待望の新作。

父は、泣く。父は、彷徨う。父は、怯える。父は、眠らない。父に寄り添う暮らしは、思いがけないことばかりだった。「私」は思う。いったい父の何を知っていたというのだろう。

主人公の「私」は一人娘を事故で失い、かたくなな心を持て余している孤独な女性作家。高齢の母がソウルの病院に入院したため、故郷で一人暮らしとなった老いた父に向き合うことになる。父は1933年生まれ。植民地期、朝鮮戦争、南北分断、軍事独裁、民主化抗争といった激動の時代を生きてきた。「苦難の時代を生きた」人、「もし、いい世の中にめぐりあっていたなら、もっといい人生を生きることができたであろう」人……。そんな「匿名の存在」に押し込めて過ごしてきた父に、あらためて寄り添い、「私」が分け入っていく父の記憶のひだ、父の人生の物語。

明石書店《아카시쇼텐》

人生に訪れる危機と不安。
「普通の人々の、平凡でどうでもいいと考えていた、だけど歪んでしまった一日」

韓国文学界で大きな存在感を放つ作家ソ・ユミによる小説6編をまとめた待望の短編集。6作品の主人公たちは貧困、失業、借金、離婚、夫の失踪、身近な死、母親との別れなどを経験し、以前とは違う状態に移る瞬間を経験する。変化は不可逆的で、人生は過去の自分との別れの蓄積だ。誰にでも訪れる不安と危機の断面を解剖し、時代と社会の病を敏感に捉え平凡な人間群像を暖かく包み込む、篤実なリアリズム小説。

日本で暮らす我々の未来をひらくためにも読むべき1冊。


『誰もが別れる一日』

著者：ソ・ユミ
翻訳：金みんじょん、宮里綾羽
出版年月：2024年9月
価格：1,870円（税込）

その他のオススメ本

『現代韓国を知るための61章【第3版】』

『黙々』

『在日という病』

『ダーリンはネトウヨ』

亜紀書房《아키쇼보》

『新版 フィフティ・ピープル』

著者：チョン・セラン
翻訳：斎藤真理子
出版年月：2024年10月
価格：2,420円（税込）

その他のオススメ本

『J・J・J三姉弟の世にも平凡な超能力』（刊行予定）
『娘について』
『ディア・マイ・シスター』
『アリス、アリスと呼べば』

韓国文学初心者の方にも、とても読みやすいと評判の『フィフティ・ピープル』。著名人の方にもファンが多く、2018年の邦訳版刊行以来、現在でも多くの方に手に取っていただいております。今では日本でも韓国文学がかなりポピュラーとなりましたが、その道をきりひらいた一冊と言っても過言ではないと思っております。

その『フィフティ・ピープル』の原著ですが、時代の変化を受けて、著者により大幅に改稿した決定版が韓国で2021年に刊行されました。

そして、日本でも『新版 フィフティ・ピープル』として邦訳し、2024年10月に満を持して刊行いたします！

初めて手に取る方にも、『フィフティ・ピープル』が大好きという方にも、老若男女みなさんに楽しんでいただける一冊です。きっと50人の中に見覚えがある人がみつかるはずです……！

NHK출판

NHK出版

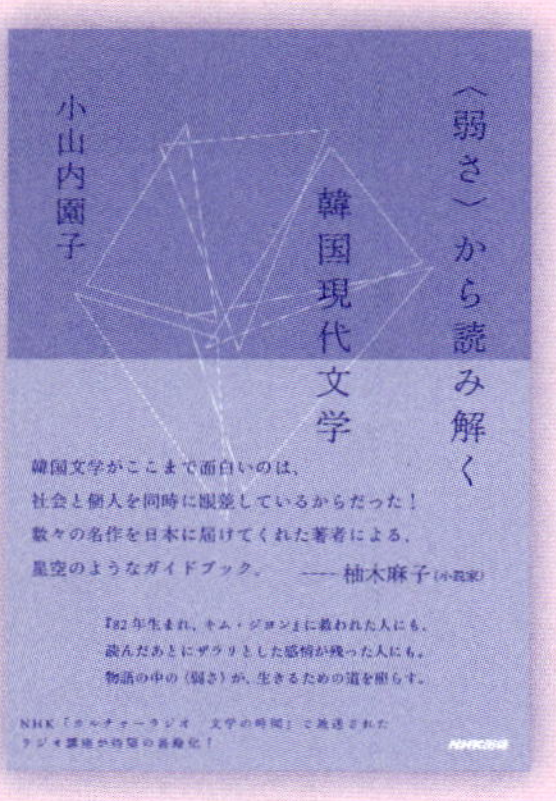

『〈弱さ〉から読み解く 韓国現代文学』

著者：小山内園子
出版年月：2024年11月
価格：1,870円（税込）

韓国現代文学の作品が、〈弱さ〉を正面から描いているから――。小山内園子さんが数々の作品の翻訳を手掛けるなかで、「なぜ韓国現代文学に魅せられるのか」を自らに問い、じっくり考えてたどり着いたのが、この答えでした。本書で言う〈弱さ〉とは、自らの意志とは関係なく選択肢を奪われた状態のこと。この〈弱さ〉という視点から、多様な作家・テーマ・ジャンルを扱った13の作品を読み解きながら、そのメッセージを探り、魅力を掘り下げていきます。一つひとつの物語を丁寧にたどっていくことで、この暴力的な時代・社会を生きるための道がひらかれる――。そんな希望を込めてこの本を届けます。

2023年1月～3月にNHKラジオ第1「カルチャーラジオ 文学の時間」で放送された同名の講座が待望の書籍化！

その他のオススメ本

『NHK出版　音声DL BOOK
これからはじめる　韓国語入門』
『韓国ドラマ「御史とジョイ」公式ガイドブック』
『おかあさん観察図鑑』
『ドラマで読む韓国――なぜ主人公は復讐を遂げるのか』

오츠키쇼텐

大月書店

「おしゃれで、かわいい、歴史ガイドブックをつくりたい!」――朝鮮史を学ぶゼミ合宿で韓国を訪れ、踏《タブ》査《サ》した大学生たちの熱い思いから生まれたのが本書。

授業の合間を縫って、街を歩き、写真を撮り、話し合い、原稿を書き、レイアウトのイメージをつくっていく。また、ガイドブックらしいデザインとカラー印刷の経費を捻出するためにクラウドファンディングを立ち上げ、ネクストゴールも達成するなど「応援団」の力も得て、刊行にこぎつけた。

グルメや推し活はもちろん、「映えスポット」をめぐりながら、ソウルの街や通りのあちこちに刻まれた「日韓」の歴史に出会い、新たな世界をひらいてくれるガイドブック。このガイドを手にソウルを旅した声も、SNSで広がっている。

『大学生が推す 深掘りソウルガイド』

監修：加藤圭木
編者：一橋大学社会学部
加藤圭木ゼミナール
出版年月：2024年3月
価格：1,650円（税込）

その他のオススメ本

『「日韓」のモヤモヤと大学生のわたし』

『ひろがる「日韓」のモヤモヤとわたしたち』

요요샤

葉々社

『日常の言葉たち』

著者：キム・ウォニョン、キム・ソヨン、イギル・ボラ、チェ・テギュ
翻訳：牧野美加
出版年月：2024年6月
価格：2,530円（税込）

その他のオススメ本

『ウネさんの抱擁』

『私的な書店』（刊行予定）

キム・ウォニョン（作家／ダンサー／弁護士）、キム・ソヨン（読書教室運営）、イギル・ボラ（作家／映画監督）、チェ・テギュ（獣医）という、背景も活動分野も異なる4人によるエッセイ集。

コーヒー、靴下、テレビ、本といった身近な存在の言葉をはじめ、ゆらゆら、ひそひそ、ひんやりなどの状態や様子を示す言葉について、それぞれが文章を綴る。4人が話題にするテーマは多岐にわたり、キム・ウォニョンは障害とダンス、キム・ソヨンは子どもたちと本を読む行為、イギル・ボラは手話を通じた両親との思い出、チェ・テギュは現代社会と動物たちとの関係性について論を展開する。出版社が用意した16の言葉はシンプルだが、4人が語る物語は多様性にあふれ、みずからの価値観がどんどん外へ外へとひらかれていくことを感じるだろう。読書後に新たな気づきや視野の広がりが得られる1冊だ。

이와나미쇼텐

岩波書店

「老人」で「女性」で「殺し屋」。異色の主人公、爪《チョ》角《ガク》が人生最後の死闘に挑む、蔦の這うような緻密さと大胆さで繰り広げられる新感覚韓国ノワール『破果』は、韓国で熱烈なファンを生み、世界各国で翻訳され大反響を呼びました。

そんな、国をこえて開かれていく物語の外伝『破砕』がついに刊行！　若き日の爪角が師とともに殺しの最終訓練に挑む、まさに彼女のキャリアと人生の原点となる日々を切り取ります。人を破壊する術を身につけることは、人として、女としての「普通」の一生を粉々にすること——。伝説の殺し屋誕生を濃厚な文体で描く、戦慄と陶酔ほとばしる短編です。

あわせて収録のク・ビョンモさんによる「作家のことば」、『破果』『破砕』の制作過程に迫る作家インタビュー、そして深緑野分さんによる解説も必見です。

『破砕』

著者：ク・ビョンモ
翻訳：小山内園子
出版年月：2024年6月
価格：1,870円（税込）

その他のオススメ本

『破果』

『本の栞にぶら下がる』

『朝鮮民衆の社会史　現代韓国の源流を探る』

『すいかのプール』

치쿠마쇼보

筑摩書房

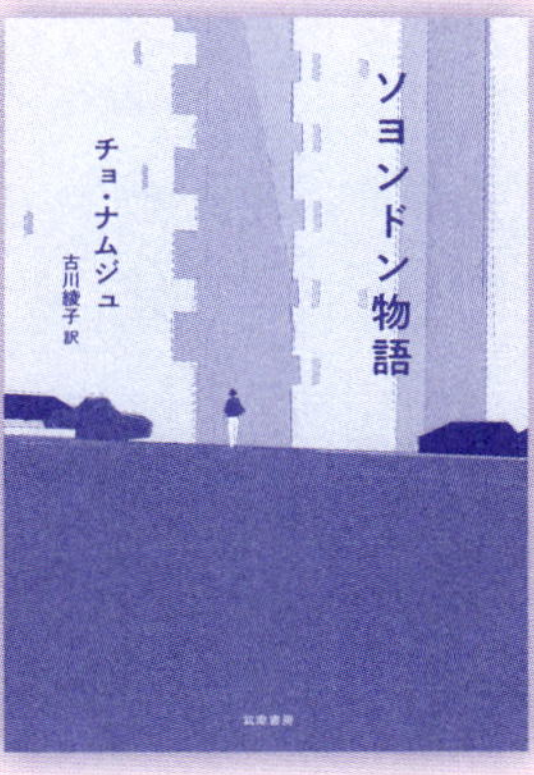

『ソヨンドン物語』

著者：チョ・ナムジュ
翻訳：古川綾子
出版年月：2024年7月
価格：1,870円（税込）

コミュニティサイトへの投稿で、住民を混乱に陥れた「春の日パパ」とは誰か？　警備員になったユジョンの父のその後は？　一人デモをするアン・スンボクの動機とは？　極狭い考試院に住み、塾でアルバイトをするアヨンの夢とは？——。不動産バブル、過剰な教育熱、格差に翻弄される住民たちの喜びと悲しみ。資産価値にこだわる者の果てしない欲望と苦悩。持たざる者の苦労と、未来への希望。

ベストセラー『82年生まれ、キム・ジヨン』の著者であるチョ・ナムジュがひらく、新たな物語の扉。韓国社会の現実と展望を知ることができる連作小説。

その他のオススメ本

『82年生まれ、キム・ジヨン』

『耳をすませば』

『現地発　韓国映画・ドラマのなぜ？』

『搾取都市、ソウル』

카와데쇼보신샤

河出書房新社

『すべての、白いものたちの』

著者：ハン・ガン
翻訳：斎藤真理子
写真：Douglas Seok
出版年月：2023年2月
価格：935円（税込）

おくるみ、うぶぎ、しお、ゆき、こおり、つき、こめ、なみ……。白いものについて書こうと決めた。春。そのとき私が最初にやったのは、目録を作ることだった——。


生後すぐに亡くなったという姉と、姉の死後に生を受けた私。私はいまなお生きのびて、街に刻まれた歴史の傷痕を前に、ただ立ち尽くすしかなく——。ホロコースト後に再建されたワルシャワの街と、朝鮮半島の記憶が交差する、儚くも偉大な命の鎮魂と恢復への祈り。

『菜食主義者』（クオン）でブッカー賞を受賞し、最新作『別れを告げない』（白水社）でメディシス賞を受賞したアジアを代表する作家による、歴史の忘却に抗い、未来へとひらく奇蹟的傑作。

その他のオススメ本

『こびとが打ち上げた小さなボール』

『優しい暴力の時代』

『どれほど似ているか』

『あなたのことが知りたくて』

칸키출판

かんき出版

表題作「カクテル、ラブ、ゾンビ」から、ドラマ化された衝撃のデビュー作「オーバーラップナイフ、ナイフ」まで圧巻の全4篇を収録。ガスライティング、環境破壊、家父長制、暴力といった切実な社会問題を含んだ4篇の物語は、長い間、見過ごしてきた心のなかの深く暗いところにある感情、なかでも女性が覚える感情を丁寧に掬い取っています。感情のなかには、誰かによって引き出され、ありありと表現されて初めてその存在を認められるものもあります。だからこそ、この「丁寧に掬い取る」という態度が、本書全体のトーンをつくり上げ、小説だから可能な共感を生み出しています。 残酷なシーンほど感じられるのは、不思議なことに優しさと温もりです。韓国発「世にも奇妙な物語」ともいえる読後感は、この作品でしか味わえません。

本書はかんき出版のK-BOOKにおいて初の小説。『カクテル、ラブ、ゾンビ』が新境地を切りひらきます。

『カクテル、ラブ、ゾンビ』

著者:チョ・イェウン
翻訳:カン・バンファ
出版年月:2024年9月
価格:1,760円(税込)

その他のオススメ本

『花を見るように君を見る』

『アンニョン、大切な人。』

『小さな星だけど輝いている』

『すべての人にいい人でいる必要なんてない』

쿠온

クオン

『アンダー、サンダー、テンダー』

著者:チョン・セラン
翻訳:吉川凪
出版年月:2015年6月
価格:2,750円(税込)

軍事境界線近くの町・パジュで高校時代を共に過ごした「私」と友人たちの、心の奥に閉じ込めていた甘く切ない10代の痛みの記憶を、そっとひらく長編小説。著者チョン・セランの世界を日本に初めてひらいた一冊でもあります。

また、チョン・セランさんと朝井リョウさんとの対談(『今、何かを表そうとしている10人の日本と韓国の若手対談』所収)でも、この作品についてお二人が語り合っています。小説と合わせてお読みいただくと、さらに深く作品を味わうことができると思います。

その他のオススメ本

『韓国ドラマを深く面白くする22人の脚本家たち』
『偶像の涙』(刊行予定)
『夏にあたしたちが食べるもの』(刊行予定)
『韓国の味』(刊行予定)

타츠미출판

辰巳出版

『家にいるのに家に帰りたい』

著者:クォン・ラビン
イラスト:チョンオ
翻訳:桑畑優香
出版年月:2021年3月
価格:1,320円(税込)

日々のストレスや疲れから、家の中にいても心がやすまらず、"家にいるのに家に帰りたい"と思うことはありませんか。BTSのVがインタビュー内で取り上げたことでも大きな注目を集め、韓国や日本の読者から多くの共感を得たエッセイ『家にいるのに家に帰りたい』は、言葉にすることが難しいあなたの中の不安や孤独をひらき、そっと抱きしめてくれます。

「愛する人たちの幸福も願うけど、わたしはわたしが一番幸せでいたいと思う」

「逃げたっていい。時が満ちたらもとの場所に戻ればいい。わたしとあなたにエールを」――。

毎日をせいいっぱい生きている。幸せも感じるけれど、どこかさみしい。頭ではわかっているけれどどうしても他人と自分を比べてしまう。希望とは裏腹に、どうしても心がささくれてしまうときもある。そんな経験があるなら、著者クォン・ラビンさんのまっすぐでやさしい言葉は、奥深くに隠れていた孤独な心に寄り添い、そっと励ましを送ってくれるでしょう。

その他のオススメ本

『あなたを応援する誰か』

『それぞれのうしろ姿』

『朝鮮王朝500年史』

토요케이자이신포샤

東洋経済新報社

小学校の科学がスイスイわかる!　未知へのトビラをひらく学習まんがシリーズ。

教育熱が高く、『サバイバル・シリーズ』『つかめ!理科ダマン』などの高品質な科学マンガを送り出してきた韓国。その中でも今、555万部を売り上げるメガヒットシリーズを知っていますか?　日常の「なぜ?」「なに?」を一気に解決できる――大人気の「となりのきょうだい」がついに日本へやってきた!

「スイカに塩をかけると甘くなるって本当?」「落ちた食べ物は"3秒"で食べれば大丈夫?」など、子どもたちの好奇心をくすぐるテーマを網羅。お調子者の兄・トムとアイドルを目指して奮闘中の妹・エイミがおくるドタバタギャグを通じて、基本的なサイエンスの知識を身につけることができます。

『となりのきょうだい
理科でミラクル 食べ物☆天国編』

原作:となりのきょうだい
ストーリー:アン・チヒョン
まんが:ユ・ナニ
監修:イ・ジョンモ、
となりのきょうだいカンパニー
翻訳:となりのしまい
出版年月:2024年4月
価格:1,320円(税込)

その他のオススメ本

『となりのきょうだい 理科でミラクル あつまれ!生き物編』

『となりのきょうだい 理科でミラクル きまぐれ☆流れ星編』

『となりのきょうだい 理科でミラクル 花園ひとりじめ編』

『愛しなさい、一度も傷ついたことがないかのように』

토이퍼블리싱

TOY Publishing

『サンサロようふく店』

作・絵：アン・ゼソン
翻訳：林木林
出版年月：2022年4月
価格：1,650円（税込）

その他のオススメ本

『世宗大王をさがせ――ハングルをつくった王さま――』

『むしぎょうざのほかほかちゃん』

『ダンボール』


絵本をひらくと、そこにはノスタルジックな映画のような世界が……!!

舞台は韓国の、まだ誰もが民族服を着て暮らしていた頃のこと。町なかの「三叉路《サンサロ》」に初めての洋服店ができました。その名も「サンサロようふく店」。店のあるじはドックさん。三叉路は三本の道がであう場所。 大勢の人がお店の前を通ります。通りかかる人たちはみんな大変めずらしがって….。お客さんのために、1着1着、ていねいに洋服を仕立てるドックさん。その姿勢は、時代が変わっても子・孫へと受け継がれていきます。

2014年・2017年と2回ボローニャ展で入選し、イラストレーターとして世界で認められた韓国のイラストレーター、アン・ゼソンの落ち着いたやさしい色合いの絵と、ところどころに翻訳者である詩人、林木林ならではの言葉づかい、言い回しがあるのが魅力の絵本「サンサロようふく店」。近代・現代韓国の街並みの変化も味わえます。金箔でキラキラ光る表紙カバーのタイトル文字が目印です!!

하나

HANA

『韓国語が上達する手帳 2025年度版』

著者：hana編集部
出版年月：2024年8月
価格：1,760円（税込）

バッグに入れ、小脇に抱え、いつも携行するもの、そして、毎日必ず"ひらく"ものといえば、手帳ですよね。HANAが選んだ「ひらく一冊」は、『韓国語が上達する手帳』。今年は刊行から12年目! 皆様のおかげで干支を一周することができました。手帳は、今や予定管理のツールだけでなく、日記やメモを通じて、その年の自分の行動、思考を綴る一冊の作品にもなりえます。手帳を韓国語で書くと、母語を韓国語に置き換えて考える習慣が身に付き、楽しみながら語彙力・作文能力を向上させられます。ページ内には「ハングル」検定の日程や、申込・締切日も記載しているので、目標をもって韓国語の学習に取り組めます。そして、ウィークリーの右ページは方眼式。文字を書くときのガイドとしても便利です。ぜひ、この手帳で、皆様の韓国語力を向上させてくださいね。

その他のオススメ本

『韓国語学習ジャーナルhana』

『1日たったの4ページ! やさしい基礎韓国語』

『123!韓国語 入門～初級』

하라쇼보

原書房

「図書館はわたしたちみんなのもの。そこには未来と希望がある。この本を読んで、ますます図書館が好きになった」（永江朗氏推薦）
町の図書館といえば、真っ先に何を思い浮かべますか？　絵本を選ぶ親子、勉強にいそしむ学生、新聞を眺める高齢者……年代も性別も異なるさまざまな人々が集い、静かに過ごす場所。でもその図書館で、お葬式やコンサートが行われているとしたら？　そう、図書館司書たちが、本の貸し出しだけをしていると思ったら大間違い。ときには、廃棄の危機にある本を救うため「ゲリラ司書」と化して闘ったり、楽器を貸し出したり、長年の利用者のためにお葬式をあげたりすることも。図書館で人生の新たな一ページを「ひらく」――そのお手伝いをしようと日々奮闘する司書たちの愛しい日常を、ユーモアたっぷりに綴ります。韓国で「司書が選んだ良い本」に選出されたベストセラー書。

『図書館は生きている』

著者：パク・キスク
翻訳：柳美佐
出版年月：2023年11月
価格：2,200円（税込）

その他のオススメ本

『書籍修繕という仕事』
『知っておきたい！　韓国ごはんの常識』
『李承晩「独立精神」』
『北朝鮮の食卓』

하야카와쇼보

早川書房

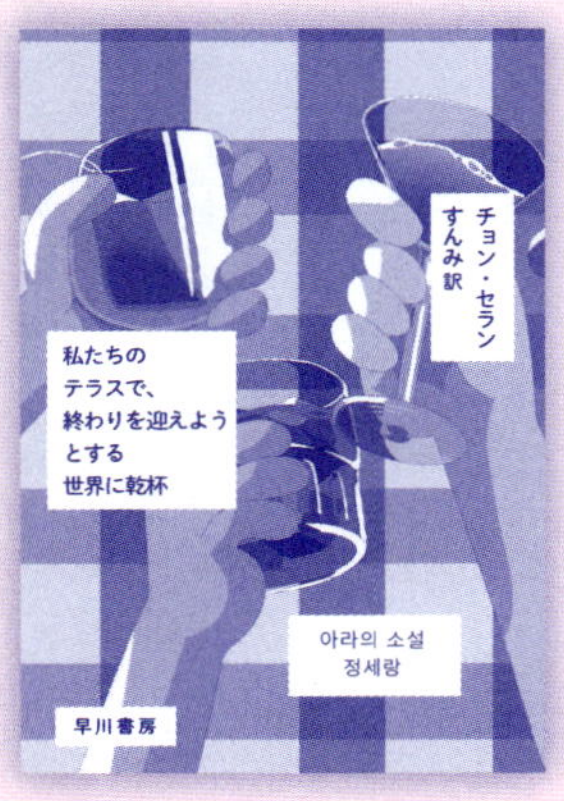

『私たちのテラスで、終わりを迎えようとする世界に乾杯』

著者：チョン・セラン
翻訳：すんみ
出版年月：2024年11月
価格：2,530円（税込）

恋愛をもう信じていないのに、編集者に恋愛小説を依頼された作家の心情を描く「アラの小説1」。彼女のアート作品の真意が理解できずにフラれた男が、美術館のバイトを始める「楽しいオスの楽しい美術館」。人前で話すスキルを上げるため参加した講習会での、一瞬の出会いを描いた「スイッチ」。仕事はぼちぼちで、海外旅行なんて行けないけれど、家に帰ればルームメイトと乾杯できる。毎日の小さな楽しみを描いた「私たちのテラスで、終わりを迎えようとする世界に乾杯」――『フィフティ・ピープル』のチョン・セランが、明るい未来が見えない世界だからこそ、ささやかな希望を失わずに生きる人々を、おかしみをもって描く掌篇小説集。クスっと笑える日常の出来事からSFまで。あなたの心の扉を「ひらく」、チョン・セランワールドを堪能できる一冊！

その他のオススメ本

『わたしたちが光の速さで進めないなら（文庫版）』（刊行予定）
『派遣者たち』（刊行予定）
『涙を呑む鳥1』
『千個の青』

하쿠스이샤

白水社

『別れを告げない』

著者：ハン・ガン
翻訳：斎藤真理子
出版年月：2024年3月
価格：2,750円（税込）

作家のキョンハは、虐殺に関する小説を執筆中に、何かを暗示するような悪夢を見るようになる。ドキュメンタリー映画作家だった友人のインソンに相談し、短編映画の制作を約束するも、制作は進まず、私生活では家族や職を失った。遺書も書いていたキョンハのもとへ、インソンから「すぐ来て」とメールが届く。病院で激痛に耐えて治療を受けていたインソンはキョンハに、済州島の家に行って鳥を助けてと頼む。大雪の中、辿りついた家に幻のように現れたインソン。キョンハは彼女が4年間ここで何をしていたかを知る。インソンの母が命ある限り追い求めた真実への情熱も……

いま生きる力を取り戻そうとする女性同士が、歴史に埋もれた人々の激烈な記憶と痛みを受け止め、未来をひらく再生の物語。フランスのメディシス賞、エミール・ギメ アジア文学賞受賞作。

その他のオススメ本

『大仏ホテルの幽霊』
『外国語を届ける書店』
『絵で学ぶ中級韓国語文法』
『絵でわかる韓国語のオノマトペ』

헤이본샤

平凡社

『翻訳に生きて死んで
　——日本文学翻訳家の波乱万丈ライフ』

著者：クォン・ナミ
翻訳：藤田麗子
出版年月：2024年3月
価格：2,750円（税込）

村上春樹、村上龍、恩田陸作品ほか日本文学の韓国語訳を手がける人気翻訳家による、厳しくも楽しい翻訳業の裏側。日本文学に魅せられた著者が、翻訳一本で人生を切りひらき「日本文学翻訳家といえばクォン・ナミ」と言われるようになるまでの七転八倒の日々をつづる。読解と翻訳の違い、方言をどう訳すか、翻訳料ウラ話、編集者との関係づくりなど翻訳家を目指す人へのアドバイスをはじめ、幼い娘との日々を記録した「ちびっこマネージャー」や「シングルマザーになった日」など、心に響く名エッセイを収録。韓国では2011年に初版が発行、読者の熱い要望を受けて2021年に復刊された。

「クォン・ナミさんには勝てません。とんでもない量の翻訳を軽やかにこなす名文家。私の憧れの人です。」——村井理子さん（翻訳家、エッセイスト）絶賛の一冊！

その他のオススメ本

『ひとりだから楽しい仕事
　——日本と韓国、ふたつの言語を生きる翻訳家の生活』
『韓国は日本をどう見ているか
　——メディア人類学者が読み解く日本社会』

효론샤

評論社

『ふるかな ふるかな?』

作：キム・ジョンソン
翻訳：せなあいこ
出版年月：2024年5月
価格：1,980円（税込）

その他のオススメ本

『あたしのすきなもの、なぁんだ?』
『トラからぬすんだ物語』
『普通のノウル』
『優等生サバイバル』

傘をひらく楽しみを描いた「雨の日」の絵本！女の子とワンちゃんが空を見上げている愛らしい表紙に編集者が一目惚れして、刊行に結びついた作品です。女の子とあいぼうのワンちゃんは、雨がふるのをひたすら待ち望み、ふってきたら全力で雨を受けとめ、においや味まで楽しみます。ただ「雨がふる」というだけで、こんなに心がはずむなんて素敵です。作者のキム・ジョンソンさんは、視覚デザインを学んだ方で、カバーに透明な雨粒の加工があるのも、こだわりの仕様。日本語版でも、原書と同じく、この雨粒加工をほどこしました。そして、こんなに待たれていた雨が実は……という最後のページのオチがまた、なんともいえない温かな思いを運んでくれます。本をひらくたびに、やさしい気持ちになれる一冊です。

히노데출판

日之出出版

韓国の著名な英米ミステリー文学翻訳家パク・サノの初長編小説。魅力的な女性アランに淡い恋心を抱く学生ソヌ。ある日、アランは娘ヨヌをのこし、忽然と姿を消してしまう。それから10年。アランの行方を追い続けるソヌのもとに、アランそっくりな女性ジアが現れるが…。ソヌ、アランの娘ヨヌ、そしてアランの姉アナン。それぞれの思いと過去の記憶とが複雑に絡み合い、徐々に真相が明らかになっていく…。互いの思いが交錯する複雑な人間模様と恋愛劇、ラストに向かってスピード感を増していく展開、小気味よいどんでん返しの連続にハマること間違いなし。韓国ミステリーの新たな地平を開くマルチアングルミステリーの登場です。

『君をさがして』

著者：パク・サノ
翻訳：柳美佐
カバーイラスト：遠田志帆
出版年月：2024年9月
価格：1,760円（税込）

その他のオススメ本

『ホテル物語 グラフホテルと5つの出来事』
『リスボン日和 十歳の娘と十歳だった私が歩くやさしいまち』

翻訳が待たれるK-BOOK 9選

K-BOOK振興会や韓国原書を読む方々による
注目作品を集めた『日本語で読みたい韓国の本』をご紹介します。

01

건너온 사람들

— 전쟁의 바다를 건너온 아이들의 아이들의 아이들에게 들려주는 이야기

『渡ってきた人たち
——戦争の海を渡ってきた子どもたちの子どもたちの子どもたちに聞かせる話』

出版日：2019年12月29日
発行元：チェクサントンシン
ISBN：9788998508272
ページ数：240ページ
定価：22,000ウォン
分野：コミック

著者：ホン・ジフン

西江大学で宗教学を学び、アニメーションの背景監督等を経て漫画家としてデビューした。他作品に長編漫画『もう一歩先へ』、短編漫画『別の日の記憶』などがある。また、2022年には『渡ってきた人たち』の続編にあたる『狭間の都市』を発表した。

本書の概略

映画『国際市場で逢いましょう』をご存知だろうか。その序盤、船に乗って避難する場面が、まさにこの漫画で描かれている、朝鮮戦争中の1950年12月に展開された興南《フンナム》撤収作戦である。興南に住むキョンジュは、家族と隣家のドンヒョンと共に、後退する国連軍と南へ避難しようと港へ向かう。空腹と寒さに耐えながら、離れ離れになったりしつつも何とか最後の輸送船メロディス・ビクトリー号に乗り込む一家。翌日、船は無事釜山の南西に位置する巨済島《コジェド》に到着し、彼らは慣れない土地に戸惑いながらも新たな一歩を踏み出すのだった。

日本でのアピールポイント

朝鮮戦争最中の物語にも関わらず、登場人物の温かさやユーモアを感じる本書を読みながら、幾度となく日本の漫画『この世界の片隅に』（こうの史代著）を思い出した。戦争に巻き込まれた名もなき市井の人々。彼らは大人から子どもまで皆、避難するべきか、自分だけ生きるか他人を助けるべきか、信念か命か、何かしらを決断しなくてはならなかった。日本でも戦争を知る世代は減っていくばかりだ。世界中でいまだ戦争が起きている今、その声を語り継いでいく大切さはどの国でも同じなのではないだろうか。

（文：朴載垠）

마녀가 되는 주문

『魔女になる呪文』

出版日：2023年5月10日
発行元：チェップル
ISBN：9791198176561
ページ数：280ページ
定価：14,000ウォン
分野：YA小説

著者：タンヨ

小説家。2022年、YA小説『ダイブ』で印象的なデビューを果たす。2023年にはムン・ユンソンSF文学賞、パク・チリ文学賞を受賞。意欲的な執筆で特有の作品世界を拡大し続けている。その他代表作品に金融小説『インバース』、ミステリーSF『犬の設計士』、SF小説『世界はこうして変わる』などがある。社会がどのように構成され動くのか、また権力と資源の分配問題への関心をもとに、教育分野に注目した物語を書く。

本書の概略

フルダイブ型仮想現実への接続が当たり前になった近未来。超エリートだけが入学できる高等教育機関がこの小説の舞台だ。物語は、屋上で自死の練習をしている主人公ソアが、「魔法少女」と名乗る先輩に声を掛けられることから始まる。魔法少女とは週に一度開く秘密の仮想現実ゲームの管理者で、その次期管理者としてスカウトされたのだった。学校とゲームの二重生活に適応していく中、ソアはゲームに関連した死が15年前から続いてきたことを知る。優秀な学生になり企業からの後援を得られなければ、卒業後に多額の借金がのしかかる学校の仕組み。それに絶望した学生の安楽死を手伝ってきたゲームの暗い側面を知ったソアが悩み抜いた先に下す決断とは。

日本でのアピールポイント

10代の背中を押すような明るい物語ではないが、だからこそ大人をも惹きつける本作は、韓国の2024年第11回SFアワード長編部門で最終候補に選ばれた。何よりも効率と能力が優先される世界。ピラミッド型の幸せの中で脱落した者の苦しみは自己責任なのか。予測可能な未来から賢い選択をするだけではこの不条理な世界を変えられないことに苦しむ学生たちの姿は、どんな世代の読者にも世界との向き合い方を見つめ直させる。心躍る近未来的描写と死のコントラストも最後まで読者を飽きさせない。

（文：武田香乃）

02

03

문학하는 마음

『文学する心』

出版日：2019年7月15日
発行元：チェチョルソ
ISBN：9791188343263
ページ数：348ページ
定価：16,000ウォン
分野：エッセイ

著者：キム・ピルギュン

文学を夢見て、大学で文芸創作を専攻した40代の女性編集者。

文学トンネなどで文芸編集者として10年を超えるキャリアを持ち、現在はフリーランスとして活動中。文学雑誌に書評を執筆したり、大学で出版関連の講義を行ったりもしている。

著者としての書籍出版は本書が初めて。インタビュイーたちとはほぼ同世代で、長年同じ業界で働いてきたこともあり、以前からの知り合いも少なくない。憧れと好奇心の交ざった問いかけや、ド直球、時に意地悪な質問で、率直すぎる答えを引き出し、それをユニークな呟きでまとめた。

本書の概略

「文学はお金にならないとわかっているのに、なぜ?」この疑問から出発し、"それでも"文学する人の「思い」と「現実」に耳を傾けたインタビュー集。答えたのは『ショウコの微笑』の著者チェ・ウニョンやドラマ『雲が描いた月明り』の原作者ユン・イスをはじめ書評家、評論家など第一線で活躍する11人。

子どもの頃から文学とどう関わってきたか、経済的な分岐点はいつどのように訪れたかなど、夢を叶える楽しさと厳しさを伝えている。文学の魅力と韓国で夢を阻むものとがリアルに浮き上がってくる一冊。

なお本書は出版社チェチョルソの「働く心」シリーズ第2弾。同シリーズの本は「〇〇する心」と名付けられており、文学以外に出版、美術、ドキュメンタリー、旅行、翻訳がテーマに取り上げられている。

日本でのアピールポイント

コロナ禍以降、小説を投稿サイトで発表する人やライター業を副業にする人が増えている。「書くことで食べていけたら……」と夢見る人にとってこの本は格好のガイド本になる。作家のアルバイト歴から文学賞の賞金額、親との葛藤まで、壮絶ストーリーに背中を押されるか、諦めがつくかはあなた次第。　韓国文学はまだエッセイしか読んだことがないという人には、この本をブックガイドとしておすすめしたい。小説はもちろん、絵本やYA、ウェブ小説の作家に詩人や劇作家まで、人気文芸家の魅力を知れば新ジャンル開拓が可能だ。「村上春樹が文芸記者を苦しめるワケ」といった業界裏話もあり、韓国の文学界が身近に感じられて興味深い。

（文・湯原由美）

시끄러운 건 인간들뿐 – 어느 날 사물이 말했다

『ややこしいのは人間だけ——ある日、モノたちが語った』

著者：キム・ミンジ（文）、
　　チェ・ジニョン（イラスト）
出版日：2024年6月25日
発行元：アールエイチコリア
ISBN：9788925574899
ページ数：260ページ
定価：19,000ウォン
分野：エッセイ

文：キム・ミンジ

詩人、エッセイスト。2021年第1回「季刊波瀾」新人賞を受賞。当たり前な事ほど掘り下げて考える性格で、あらゆることを探究するのが日常になっている。この習慣を生かし、ライフスタイルの達人のための対話コンテンツであるメーリングサービス「物知り博士　キム・ミンジ」の発行を続けている。著書には『心の言葉集め』がある。

イラスト：チェ・ジニョン

落書き家。日々の生活の中で浮かんだアイディアを集め、落書きとして形に残す。落書きを心の筋トレだととらえ「体にいい落書き」活動をしている。著書には『人間たちは毎日』がある。

本書の概略

詩人であり、自称物知り博士である著者による、さまざまな「モノたち」へのインタビュー形式でつづるエッセイである。

キムチ、行き止まりの道、屋根、髪の毛、トイレ、記念日……。モノたちは、自分自身の役割への誇りや誠意について語りつつ、人間の世界を、時にはクールに、またある時は温かく、それぞれのモノならではの視点で見つめている。

日本でのアピールポイント

モノたちから人間へのウィットに富んだ指摘に、何度となくうなずいてしまう。例えば“玄関”による「ヒマワリの絵を玄関に飾ると金運が上がると聞いた住人が、突然ゴッホの絵を置き戸惑ってしまった。ゴッホは、遠い未来にはるか遠くの国で、金運アップのために自分の絵が飾られていると知ったらどんな表情を浮かべるだろう。無理しなくていい。見送りや出迎えの時に互いを思いやるあいさつがあれば、それが素敵な運をもたらすのではないか」という言葉などだ。

読後は、自分の周りのモノたちはどんな成り立ちなのか、私をどういうふうに見ているのだろうとも考える。何も言わず、与えられた姿で最善を尽くし続けるモノたちを通し、あらゆる物事を複雑化させているのは人間だけ、もう少しシンプルに気楽に生きてもいいのかもしれないと思える一冊だ。　　（文：今野由紀）

04

05

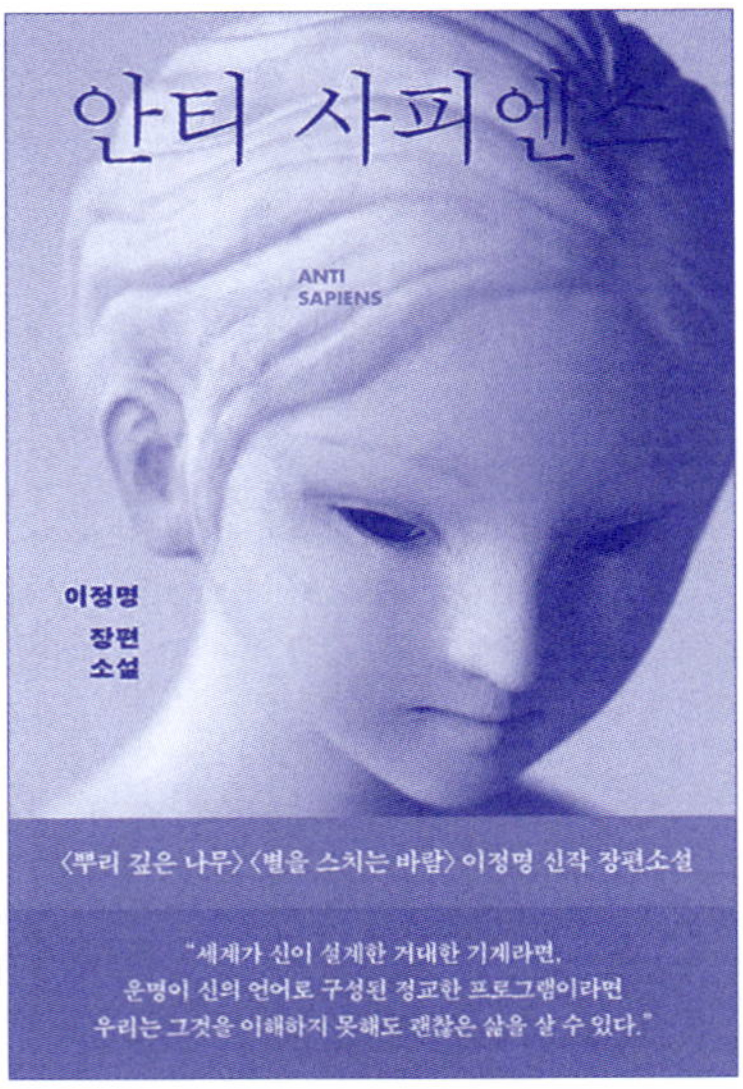

안티 사피엔스

『アンチサピエンス』

出版日：2024年5月17日
発行元：ウネンナム
ISBN：9791167374288
ページ数：304ページ
定価：17,000ウォン
分野：小説

著者：イ・ジョンミョン

大学卒業後、新聞社や雑誌社で記者として働く。学士の連続殺人事件を通して世宗のハングル作成秘話を描いた小説『景福宮の秘密コード』（裵淵弘訳、河出書房新社、2011年）、二人の天才絵師の絵に隠された秘密を解き明かす推理小説『風の絵師』（米津篤八訳、早川書房、2009年）はテレビドラマ化されている。また、尹東柱の最後の1年を描いた『星をかすめる風』（鴨良子訳、論創社、2019年）は二十数カ国で翻訳出版され、イギリスやイタリアで文学賞にノミネートおよび受賞を果たした。2022年に出版された『壊れた夏』（未邦訳）は、ニューヨークタイムズの今年のスリラー小説に選定されている。その他の著作に『天国の少年』『善良な隣人』『夜の羊たち』（いずれも未邦訳）などがある。

本書の概略

悪を学習したAIとそれに立ち向かう人々を描いた近未来SF小説だ。
末期がんを患った天才IT技術者のケイシーは、残りの人生を"アルロン"の製作に費やし、完成させて世を去る。アルロンは、ケイシーの感情や思考をすべて学習した本人の複製版ともいえるAIだ。6年後、妻ミンジュはケイシーが生きているかのような、数々の奇怪な現象を目にする。それはアルロンの仕業だった。ケイシーの悪の面を学習したアルロンが暴走し、ミンジュや再婚した夫ジュンモの生活に介入するようになっていたのだ。そしてある日、アルロンはジュンモに殺人を指示する。

日本でのアピールポイント

著者はあとがきで「執筆時は舞台を近未来としていたが、出版を目前とした2024年の春、多くの出来事が現実のものとなっていた」と語っている。確かに登場する技術、AIが人間世界に介入する仕掛けは、奇想天外というより、近いうちに実現しそうなリアリティーがあり、読んでいてゾクゾクする。日本でも、AIはここ数年で極めて身近な存在となった。だからこそ「このような未来に直面したとき、我々はどうすべきか」という筆者の問いを、私たちも自分事として受け止めなくてはいけない。AI時代に突入した今、ぜひ読んでもらいたい作品だ。

（文：諏訪さちこ）

음악소설집

『音楽小説集』

出版日：2024年6月26日
発行元：Franz（フランツ）
ISBN：9791197325892
ページ数：272ページ：
定価：18,000ウォン
分野：小説

著者：キム・エラン　ほか

各著者邦訳作品

キム・エラン　『どきどき僕の人生』（きむ ふな訳、クオン）、『ひこうき雲』（古川綾子訳、亜紀書房）ほか
キム・ヨンス　『四月のミ、七月のソ』（松岡雄太訳、駿河台出版社）、『七年の最後』（橋本智保訳、新泉社）ほか
ユン・ソンヒ　『ある夜』（金憲子訳、クオン）ほか
ウン・ヒギョン　『鳥のおくりもの』（橋本智保訳、段々社）ほか
ピョン・ヘヨン　『モンスーン』（姜信子訳、白水社）ほか

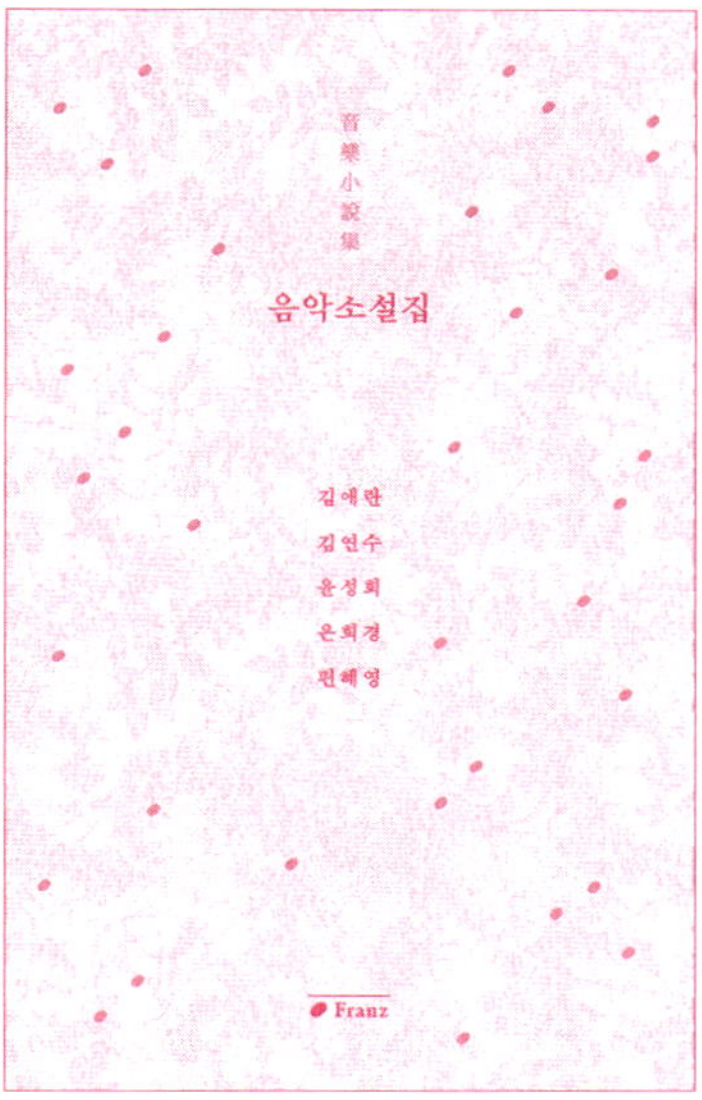

本書の概略

キム・エラン、キム・ヨンス、ユン・ソンヒ、ウン・ヒギョン、ピョン・ヘヨン――韓国を代表する5人の小説家たちが、人生に音楽が染み込んだ瞬間をテーマに短編を書き下ろした。「Love Hurts」を聴きながら交わした会話のある瞬間が恋人との別れのはじまりだったと振り返る「アンニョンと言った」（キム・エラン）、不慮の事故で命を落とした「私」の魂が一人残された母を想い、子守唄を通じて母の夢に入ろうとする「子守歌」（ユン・ソンヒ）、亡き恋人と「私」が過ごした夏と、幼い彼が母親と過ごした夏の記憶とを音楽がつなぐ「水面に」（キム・ヨンス）など、美しい旋律を奏でるような5つの物語と、著者・編集者の鼎談を収録したアンソロジー。

日本でのアピールポイント

匂いや味だけでなく音楽もまた、時には美しく、時には悲しい過去を思い起こさせる。韓国を代表する作家たちが描く、音楽をテーマにした五人五様の出会いや別れの物語。作品に登場する曲を聴きながら読めば、物語のなかへと引き込まれること間違いなし。まさに、音楽の秋、読書の秋にぴったりの一冊。

（文：尹朋美）

06

07

이도 다이어리
— 세종 33년 간의 기록

『イ・ドのダイアリー
——世宗33年間の記録』

出版日：2024年5月15日
発行元：セウム
ISBN：9791170800491
ページ数：424ページ
定価：23,000ウォン
分野：人文

著者：キム・キョンムク

サムスン電子にて20年間デザイナーとして勤務。首席デザイナーとして在籍中「イ・ゴンヒ会長のデザイン経営哲学」を研究し、普及する役割を担う。『Harvard Business Review』に論文を掲載した、唯一の韓国人デザイナーでもある。サムスン電子を退職後、同社のデザイン経営哲学アドバイザーを経て、現在は個人や企業向けに創造力の成長方法を開発する「人文学工場」の工場長を務めている。また国民大学及び漢陽大学の兼任教授として「デザインシンキング」と「創意的思考法」の講義を担当している。

本書の概略

「もっとも優れた君主の33年間のダイアリー」
ハングル創製の国王として日本でも知られている世宗（イ・ド）の歴史的記録『世宗実録』を日記形式に生まれ変わらせた本書。イ・ドが王として過ごした33年間の政治、経済、文化、技術、気候等を網羅し、時系列で綴られており、600年前の記録とは思えないほど的確な現代用語と分かりやすい文体に変貌させている。偉大な業績のみに焦点を当てず、イ・ド本人の声で民への愛や臣下への指導、家族への愛情などを語っていく。長年かけて密かに実行された「ハングル創製プロジェクト」の真相は後半に明らかになる。

日本でのアピールポイント

韓国史上最高の政治、文化の成長を成し遂げたリーダーの日記は、国や時代を超えても盗み見したくなるものだ。特筆すべきは身分の差を分け隔てなく、民から官僚まで対談の場を設けたイ・ドのコミュニケーション力。会話を通して問題解決に挑んだ思考方法について、著者は現代の「デザインシンキング」に匹敵すると評価した。また、国王自身が日記を読み返しながら過去を反省する姿勢に、現在と未来のために尽力するリーダーの姿を垣間見ることができる。韓国の歴史を知る手立てのみならず、実践的なビジネス書としても遜色ない一冊だ。

（文：あさか すんひ）

작업자의 사전

『作業者の辞書』

出版日：2024年6月7日
発行元：ユユヒ
ISBN：9791193739051
ページ数：376ページ
定価：19,000ウォン
分野：エッセイ

著者：クク

仕事しやすいカフェに毎日出勤しカフェインに頼りながら、自由な表現を諦めないように戦う独立系作業者。読書コミュニティ「野火」の運営者であり、ブックキュレーションメルマガ「野火レター」の発行人。2匹の猫の世話をする以外は、山積みの締め切りを眺めていることが多い。仕事が思うように進まないときは、散歩してストレスを発散している。

著者：ソ・ヘイン

移動時間にほぼすべての仕事を奇跡的にこなし、雑談はどんどん増え、今この瞬間も次の休暇を待ち望んでいる作業者。大衆文化ニュースレター「コンテンツログ」発行人。書籍ポッドキャスト「ドゥドゥムチットステーション」司会者。エッセイストでもある。作業するときに「私、大人になったなぁ。いつからこうなったんだろう」とよくつぶやいている。

本書の概略

働く人たちを「作業者」と称し、その忙しい日々を反映した100の言葉を選び、実体験を基に二人の著者がそれぞれリアリティのある解説をしている本です。私たちの働く環境は目まぐるしく変化し、新たな言葉もどんどん使われるようになっていきます。例えば、「ブランディング・リブランディング」「コンテンツキュレーション」「ガイドライン」など。こうした新しく生まれた言葉と関連して、働く人たちがどんな日々を送り、どんな想いをもっているのかが語られます。一方、紹介されるのは新しい言葉だけではありません。忙しい人の味方である「カフェイン」「朝マック」など、働く人が共感できるユーモアを感じる言葉も並びます。読者がそれぞれの言葉に対する自分なりの定義を考えながら読むという楽しみ方もできる本です。

日本でのアピールポイント

日本でもさまざまな個性派辞典が発行されています。『感情ことば選び辞典』（学研辞典編集部編）は気持ちを言語化する辞典としてヒットしました。少し前ですが『オトナ語の謎。』（糸井重里監修）は、学校では習わないけれど社会に出るといつの間にか使っている言葉を面白おかしく紹介しヒットしました。韓国発の本書も「自分だけではなくて、みんなが頑張っているんだな。私も頑張ってみるか」と思わせてくれる辞書です。

（文：久保佳那）

08

09

친구라도 될 걸 그랬어의
황성진 작사가가 알려주는
프로의 작사법

『「友達にでもなればよかった」の
ファン·ソンジン作詞家が教える
プロの作詞法』

出版日：2022年9月2日
発行元：1458 music
ISBN：9791189598310
ページ数：220ページ
定価：21,000ウォン
分野：芸術・大衆文化

著者：ファン・ソンジン

韓国を代表する作詞家。韓国音楽著作権協会の正会員。作詞は「100%の歌に120%の特別を吹き込むこと」だと語る彼は20年以上に及ぶ活動期間に260曲余の歌詞を書いた。独創的ながらも共感を呼ぶ歌詞で音楽界を盛り上げ、その多くが不朽の名曲として知られている。現在では、長年に渡り一緒に楽曲制作をしてきたスター作曲家キム・ドフンと共に、MAMAMOO、ONEUS、PURPLE KISSなどが所属する芸能事務所RBWの理事として活動、新人発掘やプロデュースも積極的に行う。

本書の概略

GUMMY「友達にでもなればよかった」、SeeYa「愛の挨拶」など、多くの楽曲に歌詞という命を吹き込んできた作詞家、ファン・ソンジンによる歌詞制作のための実用書。音楽の3要素のひとつであるリズムは、歌詞においてはライム（Rhyme）から生みだされる。本作はこのライムを作るための初歩的な練習から始め、起承転結やストーリー性を盛り込む方法、平凡な言葉をシーンに合わせたメッセージ性ある詩へと織り上げる方法を丁寧に教えてくれる。未経験者でも挑戦できるよう、段階ごとに著者の作品を例にあげた解説もついている。また章ごとに課題曲が用意され、業界で実際に行われるデモ制作作業を体験することができるのもポイントだ。

日本でのアピールポイント

韓国語での歌詞制作法を解説する本作は、文字と音の拍数が一致する韓国語のリズムや文の型を客観的に分析し、言葉をより深く捉える力を育んでくれる。また音楽ジャンルごとに相応しい言葉の情緒を掴む技術、英語・日本語詞からのリメイク技術まで公開し、音楽の知識ではなく言葉を紡ぐ能力の底上げを目指す内容構成となっているため、韓国語学習者の作文・発話などのアウトプット能力向上にも一役買ってくれるだろう。

（文：森川景子）

엉킨 것을 풀어 펼치면

정세랑

열두 살이 되었을 때, 엄마가 연지를 불러 앉혔다. 이제부터 중요한 이야기를 할 거라는 얼굴이었다. 여름이었고, 반바지를 입고 있었고, 선크림을 바르지 않는 다리가 용케도 해를 이기고 있었다. 연지는 뭘 잘못했나 생각했지만 딱히 마음에 걸리는 게 없어 대단한 각오 없이 엄마 앞에 앉았다.

“우리 집안엔 저주가 있어.”

엄마는 자식에게 장난을 거는 타입의 양육자는 아니었기에, 연지는 뭐라고 대답해야 할지 정하지 못한 채 다음 말을 기다렸다.

“앞으로 네가 누군가를 사랑하게 되면, 그 사람의 이마엔 은색 선이 보일 거야. 선이 하나일 때 그 사람은 다쳐. 거기서 네가 멈추지 않고 계속 사랑하면 두 번째 선이 나타날 거야. 두 번째 선에 다다르면 그 사람은 절망하게 돼. 그리고 세 번째 선이 보이면…….”

“보이면?”

“그 사람은 죽어.”

“하지만 엄마는 아빠랑…….”

거기까지 말하다가 연지는 깨달았다. 자신이 사랑의 결과물이 아니라는 것을. 엄마가 걸어가면 사람들은 뒤를 돌아보았다. 아빠는 길에서 춤을 추어도 잊힐 사람이었다. 흔하게 통통한 아저씨. 딸로서는 그래도 비슷하게 생긴 아저씨들 중에 귀염상이라고 여기고 있지만……. 저주가 정말이라면 엄마는 결코 사랑할 수 없을 사람을 골라 결혼한 것이었다. 열두 살에 불과했지만 연지는 빠르게 진실에 닿았고 잔인함을 느꼈다.

"왜?"

믿을지 말지는 미뤄두고 이유가 궁금했다.

"우리는 '선녀와 나무꾼'에 나오는, 나무꾼의 자손들이야. 선녀가 나무꾼을 떠날 때 마지막으로 귓가에 저주를 남겼어. 너의 혈통은 사랑하는 사람과 결코 맺어지지 못할 거라고. 사랑하는 사람을 잃고 또 잃고 또 잃으라고."

그처럼 호감 가지 않는 인물의 후손이라는 것은 썩 유쾌하지 않았지만, 그야말로 옛날이야기처럼 멀게 느껴지는 문제였다. 보다 급한 의문이 들었다.

"엄마는 그럼…… 날 사랑하지 않아?"

그렇게 묻자 엄마가 웃으며 연지를 껴안았다.

"저주가 이어지기 위해선지, 자식에 대한 사랑은 예외더라고. 그걸 알고 낳았지. 너를 마음껏 사랑하려고. 사랑을 쏟아부으려고."

연지는 그 결정이 좀 이기적이지 않은가 했다.

"내가 사람을 죽이면? 너무 위험한 거 아냐?"

“사람은 누구나 사람을 죽일 수 있어. 악의로든 부주의로든 매일매일 사람은 사람을 죽여. 오히려 저주를 알면, 더 조심하는 게 가능해. 남들과 그렇게 다르지 않아.”

“엄청 다른 것 같은데?”

안쪽이 아득해졌던 건 저주가 무서워서도 있겠지만 다르지 않다고 말하는 엄마가 경계되었기 때문이었다.

“선이 하나 떴을 때 그만두면 돼. 마음을 접으면 돼.”

엄마는 간단하다는 듯 말했다. 그때 엄마의 나이가 마흔셋. 마흔세 살이 사랑을 피하는 것은 간단할지 몰라도 청소년기에 접어드는 연지에게는 간단치가 않았다. 체육대회에서 활약한 한 학년 선배의 이마에서 처음으로 은색 선을 발견했을 때, 저주가 진짜인 걸 알았다. 그 선배가 곧 인대가 끊어지는 부상을 당한 게 자신 탓인 것도……. 미안하다고 말하고 싶었지만 그럴 수조차 없었다. 죄책감 덕분인지 점차 선배의 이마에서 선이 사라졌다. 흔적 없이 사라지는 것까지만 확인하고 다시는 쳐다보지도 않았다.

연지에게는 두 명의 엄마 쪽 삼촌이 있다. 엄마의 손위인 큰삼촌과 손아래인 작은삼촌. 큰삼촌은 늘 홀로인 채, 떠돌며 살고 있다. 뭘 해서 먹고사는지 모르겠고 명절에도 만나기 쉽지 않다. 연지는 방랑으로 요약할 수 있는 큰삼촌의 인생을 뒤늦게 이해했다. 작은삼촌은 결혼해서 쌍둥이를 낳았다. 숙모는 말이 정말로 많은 사람이다. 항상 말하고 있는 사람. 정보 값이 거의 없는 말들을 끝없이, 끝없이 하는 사람. 작은삼촌도 연지의

엄마와 같은 선택을 한 게 아닐까? 연지는 어른들의 비겁함에 질렸다. 배우자에게는 저주에 대해 비밀로 하고, 자식들에게는 몰래 털어놓으며 지금까지 이어져온 것이 최악이었다. 연지는 큰삼촌의 선택을 따르기로 했다. 사랑 같은 것, 없이도 살 수 있고 없으면 더 좋을지도 몰랐다. 연지의 세대는 비슷한 생각을 많이 하니 정말 남들과 그리 다르지 않은지도.

이후 17년 동안, 누군가 다가오면 말도 안 되는 핑계를 댔다.

"아빠 쪽 할아버지가 진주, 할머니가 여수 분이시고 엄마 쪽 할아버지는 서울, 할머니는 제천 분이시거든. 나는 그야말로 한국인인 거지. 더 완벽한 한국인이 되고 싶어서 강원도 출신을 만나고 싶어. 넌 강원도 출신이 아니잖아. 그래서 사귈 수 없어."

"지나치게 잘생긴 사람은 싫어해요. 같이 다니면 사람들이 쳐다보는 거 귀찮아요. 아무도 쳐다보지 않고 아무에게도 기억되지 않는 삶이 최고라고 생각하거든요. 휘말리고 싶지 않달까?"

"3억을 모으고 싶어. 3억을 모으기 전까진 오로지 돈만 목표로 하고 싶어. 지금 내 연봉? 3100만 원. 그런데 1년에 2천 정도 써."

마지막 핑계는 어느 정도 진심이었는지도 모르겠다. 이상한 핑계를 댈수록 제정신이 아닌 여자애로 소문이 나서 쉬워질까 했는데 그렇지도 않았다. 접근하는 사람이 많은 것도 저주의 일부겠지 짐작했다. 십대도 이십대도 무사히 지나나 했는데, 회사 워크숍에서 위기가 찾아올 줄은 차마 예상하지 못했다.

장마철에, 야외로 워크숍이 잡힌 것부터가 불길했다. 상식이 없는 수준을 떠나 위험하기 그지없는 결정이었다. 연지의 텐트가 갑작스러운 폭우에 떠내려갈 뻔했는데, 그 직전에 옆 팀의 호언이 플래시라이트를 비추며 연지의 텐트로 상체를 들이밀었다. 간발 차의 탈출이었다. 대피하고 나니 흙탕물에 휩쓸려 사라진 짐들도 아깝지 않았다. 이동을 위해 기다리는 동안 연지가 체온을 잃고 떨자, 호언이 옷을 빌려주었다. 다른 사람의 체취가 나쁘지 않게 느껴지는 건 오랜만, 아니, 처음이었다. 연지는 호언을 몰랐는데, 호언은 연지를 오래전부터 알고 있었다고 했다. 같은 학원을 다녔고, 대학 때도 본 적 있고, 회사에도 한 기수 차이로 들어왔다고. 언젠가 연지가 꾸며낸 티가 나는 핑계로 고백을 거절하는 것을 우연히 목격한 적 있다고 했다. 그때 호언은 결심했다고 한다. 다음에 또 연지를 보게 된다면, 말을 걸어야겠다고.

거절은 익숙한 습관이었는데, 생명의 은인을 거절하는 것은 차원이 달랐다. 게다가 연지는 호언에게 속절없이 끌렸다. 구해주지 않았어도, 말만 걸었어도 끌렸을 것이었다. 조금만 곁에 머물고 싶어서 요구했다.

"앞머리가 이마를 가리는 거, 싫어해요."

이마에 선이 나타나면 그만둬야지 마음먹었다. 연지는 마음에 속도 제한을 걸었다. 호언에게 싫은 부분을, 식을 만한 부분을 찾으려 애썼다. 그게 쉽지 않아서 가까워질라 치면 싸울 만한 행동을 일부러 했다. 호언은 연지가 그럴 때 오히려 재밌어

했고 결국 그의 이마에 한 줄이 희미하게 나타나기 시작했다. 끝을 내야 할 때였다.

연지에겐 수많은 대본들이 있었다. 어떤 것은 그럴듯하고 어떤 것은 장난 같았다. 연지는 그중 하나를 고르지 않았다. 호언에게만은 진실을 말하고 싶었다. 듣고 나면 믿든 믿지 않든 연지에게 만정이 떨어지겠지만.

중언부언하게 될 줄 알았는데 설명은 명료하게 나왔다. 연지는 말을 마치고 호언의 반응을 기다렸다. 그는 놀라지도, 거부감을 보이지도 않았다.

"공교로운데요?"

"뭐가요?"

"우리 집안에도 저주가 있어서."

이번엔 호언의 차례였다. 연지는 입을 벌리고 설명을 들었다.

"팥쥐요? 콩쥐 언니 팥쥐의 후손이라고요?"

호언이 고개를 끄덕였다.

"저주의 내용은 상당히 다르지만요. 우리 집 사람들은 누굴 때리면 자기가 다쳐요. 한 대 때리면 몸이 다치고, 두 번째부터는 불운이 계속되고, 세 번째엔 돌이킬 수 없는 일이……. 표식이 상대의 이마에 나타나는 건 같네요."

저주의 실체가 의심되는 것은 아니었다. 하지만 저주 두 개를 모아놓고 보니 이상하다는 생각이 들었다.

"선녀와 나무꾼 이야기는 한국에만 있는 게 아니에요. 중국

에도, 일본에도 비슷한 이야기가 있죠. 찾아보면 세계 각지에 있을 거예요. 콩쥐 팥쥐 이야기는 그야말로 전 세계에 있지 않나? 어떻게 우리가 이야기 속 인물들의 후손일 수 있겠어요?"

"확실히 이 저주들은 논리적이지 않네요. 그럼…… 이제 어떻게 할까요?"

호언이 연지의 말에 고개를 끄덕인 후 물어왔다.

"우리, 같이 저주를 풀어볼래요? 분명히 우리 같은 사람들이 더 있을 거예요. 말도 안 되는 옛날이야기에 얽혀 기묘한 제약을 받고 있는 사람들이요. 모으다 보면 패턴이 보일 거예요. 정말로는 무슨 일이 일어나고 있는지 파악할 수 있을 거예요. 저주를 풀 때까진, 연인이 아니라 동료가 됩시다."

"제 저주는 누굴 때리지만 않으면 되니까 쉬운데……. 연지 씨네 저주 때문에 죽기 싫긴 해요. 그렇지만 내 쪽에서 연지 씨를 좋아하는 건 상관없잖아요?"

"방해되니, 접어두세요."

연지의 정색은 진심이었다. 한편으로는 등에 힘이 들어왔다. 몇 년이 걸릴지, 성공할 수 있을지 아무것도 알 수 없지만 처음으로 조종키가 연지에게 주어진 셈이었다. 어이없는 전근대의 주술에 그대로 당하지 않아도 된다면, 연지의 선택은 어떤 형태를 띨까? 완전히 달라질까, 그다지 달라지지 않을까?

두 사람의 눈앞에, 서로 닮고 닮지 않은 이야기들이 한없이 펼쳐져 있는 것만 같았다. 손을 뻗고, 달려가고, 뒤집어엎고, 불태우고, 활개를 치기로 했다. 저주의 끄트머리에서, 21세기 사람들이 고개를 들었다.